KB071305

나의
한반도
둘레길

조순섭 여행에세이

청어

나의 한반도 둘레길

조순섭 지음

발행처·도서출판 **청어**
발행인·이영철
영 업·이동호
홍 보·최윤영
기 획·천성래 | 이용희
편 집·방세화 | 이서윤
디자인·김바라 | 서경아
제작부장·공병한
인 쇄·두리터

등 록·1999년 5월 3일
(제321-3210000251001999000063호)

1판 1쇄 인쇄·2015년 5월 20일
1판 1쇄 발행·2015년 5월 30일

주소·서울특별시 서초구 효령로55길 45-8
대표전화·586-0477
팩시밀리·586-0478

홈페이지·www.chungeobook.com
E-mail·ppi20@hanmail.net
ISBN·979-11-86484-01-2 (03810)

이 도서의 국립중앙도서관 출판시도서목록(CIP)은 서지정보유통지원시스템 홈페이지
(http://seoji.nl.go.kr)와 국가자료공동목록시스템(http://www.nl.go.kr/kolisnet)에서
이용하실 수 있습니다.(CIP제어번호: CIP2015011845)

나의
한반도
둘레길

작가의 말

한반도를 만나다

　한반도 둘레길 여행이 2015년 2월 17일부로 끝났습니다. 2009년 2월 15일부터 시작하여 6년이 소요되었습니다. 긴 시간이 흘렀습니다. 그러나 저 같은 직장인이라면 쉽지 않은 시간의 투자겠지요. 짧게는 당일치기로, 길게는 7일 동안 전국을 걸었습니다. 하루에 보통 40킬로미터(100리) 이상, 보통 식사와 휴식 포함 12시간 정도를 걸어야 했습니다. 여러 번 신발 선택을 달리해봤으나 35번의 외출은 언제나 물집을 만들었지요. 그렇다고 직장에 장기 휴가나 퇴직을 할 수 없었지요. 그저 주말에 시간이 있으면 걷기를 반복했습니다.

　왜 걸었냐고 물으신다면 이유는 단 한 가지입니다. 문득 오십이라는 세월이 아무런 의미 없이 허공으로 날아가 버렸다고 느꼈습니다. 25년의 직장 생활과 가장으로서 책무를 다하였는지도 의문이었습니다.

그런데 지금 회상하면 웃음이 절로 나옵니다. 2009년 양평을 지나며 만난 초등학교 4학년 꼬마(지금은 어엿한 고등학생이 되었겠지요)가 저를 걱정하는 말이 생각나서 웃음이 나옵니다. 동해 7번국도를 타고 내려오다가 만났던 광주광역시의 자전거 대학생(전국 일주 중)과의 스친 만남이며, 울산 근처 희야강에서 새벽길을 안내하여 주시던 아저씨와 영암에서 F1 티켓을 주던 신사, 더운 날 영광에서 올라오는데 자신의 아이스크림을 건네던 자전거 여행자, 금강 변에서 배를 깎아주시던 할아버지, 냉면을 곱빼기로 주던 할머니, 그리고 길을 가다 경적을 울려주던 많은 운전자들의 도움이 생각납니다. 제주도에서는 귤을 한가득 준 농원 주인 등, 그분들 덕분에 무사히 한반도 둘레길을 마칠 수 있었습니다. 그분들께 다시 감사드립니다.

푸른 바다와 아름다운 들, 그리고 강산을 보면서 한순간 밀려오는 희열에 몸부림쳤으며, 나주를 지날 때는 어머니, 김제 만경을 지날 때는 아버지 때문에 눈물을 흘리기도 했습니다.

새벽 동해 바다를 순찰하는 초병들, 눈이 움푹 들어간 어느 중년 남성, 그리고 꼬부랑 허리를 펴지 못하고 손수레를 끌고 가는 할머니, 수많은 어부들과 농부들도 생각납니다. 그리고 봉하 마을도 생각나는군요. 그분들도 모두 무사히 계시면 좋겠습니다.

하지만 나쁜 사람들도 있었지요. 도로에서 바로 뒤에서 전조등으로 위협하거나 중앙차선을 넘어와 스치듯 지나치던 차량들과 도로에 버려진 수많은 양심들, 그리고 많은 욕심을 내는 음식점들이 씁쓸히 생각납니다.

그리고 수없이 보았던 로드 킬 흔적과 갑자기 옆에서 튀어나와 다리를 물으려했던 개들도 생각납니다. 그러나 무엇보다도 도로는 자동차 위주여서 몇 곳을 제외하고 보행자에게 전혀 안전망이 없었다는 사실에서, 우리나라도 어엿한 OECD 국가로서 해결해야 할 문제가 많다고 느꼈습니다.

국가 교통망은 정말로 좋았습니다. 어디를 가더라도 반나절이면 집에서 한반도 끝까지 갈 수 있었으며, 당일 여행이 아주 수월했습니다. 두 다리와 약간의 용기만 있다면 어느 곳이든지 갈 수 있게 되었지요. 숙소는 주로 찜질방을 이용하였고, 지도는 스마트폰으로 해결되었습니다. 약간의 비용과 시간만 있다면 누구나 전국을 걸을 수 있습니다.

육지 여행의 마지막 날에는 임진각에서 해넘이를 보았습니다. 왜 아직도 철조망이 닫혀 있을까. 세계 유일 우리만 못 가는 나라. 우리 땅인데 말입니다. 한반도 둘레길 마지막 코스였던 2015년 2월의 일주일 동안 제주도 여행은 봄의 향연이었습니다.

이 글은 너무나도 아름다웠던 한반도를 통해 볼 수 있었던 저의 인생, 저의 삶을 찾아 떠난 이야기입니다.

산본에서
조순섭

contents

3부. 남도 여행은 끝이 없다

4부. 서해안은 슬픔만 가득하다

5부. 2월 제주도는 봄이다

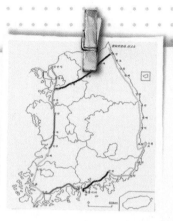

1부.
동해 바다를 향하여

30년 전 이곳은 실개천과 논으로 어우러진 시골이었다. 귀뚜라미가 슬피 우는 가을밤에 상대원에서 넘어온 공돌이가 잠을 못 이뤄 거닐던 논길이었다. 한 녀석은 밤새워 연애편지를 수없이 썼다가 지우고, 한 녀석은 담배를 그리 피우고, 또 한 녀석은 막걸리에 취해 꺼이꺼이 울었던 자취방이 있었다. 세월은 흘러 그중 한 녀석이 장가를 가 성남 단칸방에 자리 잡아 두 아이를 낳고 어느 가을을 이곳에서 보내고 있다.

산본 집 – 경기도 광주

(2009. 2. 15.)

2009년 2월 오늘, 이제 정확히 50이 넘은 나이에 나는 무엇을 할 수 있을까?

아침에 등산 배낭을 메고 집을 나왔다. 산으로 갈까 수리사로 갈까 망설이다 길을 나선다. 아니, 지금부터 새로운 도전을 하고 싶다. '한반도 둘레길 걷기'라는 계획을 새롭게 시작하려고 한다. 매월 한두 차례, 남한 전 구간을 몇 차례 나누어 걷고 싶다. 동해, 남해, 서해를 돌아 집으로 돌아오는 한반도 둘레길을 걸으려고 한다. 과연 끝까지 잘 마무리 지을 수 있을까? 하지만 이처럼 값진 결과도 결국 시작은 가벼운 한 걸음부터이다. 이렇게 나는 거대한 도전을 시작했다.

산본 중심가에 부부가 샌드위치 전문점을 이른 아침에 열고 있다.

1,500원. 두 손에 따스한 온기는 내 식도를 지나 위로 전달되고, 두 다리에 힘을 얻어 군포 시청을 지나갔다. 토요일 아침이라 차량이 뜸하여 걷는 길이 수월하다. 산본에서 의왕시로 넘어가는 고가도로에서 처음으로 방해를 맞는다.

둘째 아이가 식탁 아래로 수월히 지나다닐 정도로 놀 즈음에 들어와 중2가 될 때까지 지낸 산본은 나에게 친숙한 동네이다. 이곳은 의병장인 곽재우 장군(1552~1617)이 말년에 수도 생활했다는 전설이 있는 천 년이 넘는 수리사(修理寺)가 있는 유서 깊은 고을이다.

노을 지는 저녁에 태을봉(489미터)에 오르면 멀리 시화호와 인천 서해 해넘이가 보이는 곳이기도 하다. 북쪽으로는 북한산이 손짓하며 동쪽으로는 곽악산의 줄기가 잡힐 듯 하고 시계 방향으로 청계산과 백운산 그리고 수원 방향이 조망되기도 한다. 그리고 수리산을 한 번 크게 돌면 안산시에 치우친 수암봉(395미터)에 도착하고 이어 이 산을 완전히 주행하려면 하루 낮을 족히 보내야 한다. 물론 남쪽으로는 대부도를 지나 서해안 고속도로가 목포로 달려 내려간다.

어느 가을날, 산본역에서 바라본 수리산이 정말로 독수리가 날개를 활짝 펴고 남으로 방향을 선회하는 모습이었다. 산본(山本), 산을 주위로 이루어진 마을이라……. 이곳이 내가 사는 마을의 전형이다. 앞에는 내가 흐르고 뒤에는 산이 추위와 두려움으로부터 보호하는 어머니의 품속 같다.

6·25동란을 끝내고 돌아온 산본은 그 많던 나무숲은 간데없고 수많은 전장의 참상과 민둥산 잿더미만 남았다는 이곳 친구 부모님의 말씀을 옮겨놓으면, 참으로 통한의 서해 요충지임에는 틀림없었으리라. 벌판에 자리 잡은 마을이라는, 어느 곳이나 파기만 하면 물이 잘 나오고 물 긷는 여인들의 옷을 적신다 하여 금정리(衿井里)라 한 데서 유래된 금정역은, 동란으로 인해 나무판자 하나 없었다고 한다.

커다란 저수지가 있는 밤이 아름다운 대야미(大夜味)와 달밤의 반월(半月), 그리고 호랑이가 있었다는 범계(虎溪)라는 지명은 과거에 얼마나 자연스러운 세상이었을까? 하지만 지금은 회색빛 아파트가 산의 반을 차지하고 있다.

고가도로는 차량 전용도로이다. 그래서 나는 갈 수 없다. 아니, 목숨을 담보하는 것을 두려워하지 않는다면 예외이겠지만. 나는 도로를 무단 횡단하여 의왕시로 넘어갔다. 다시 육교를 지나 고가도로 밑을 지나간다. 이때 오전 9시 반이 지났는데 앞에 할머니 한 분이 손수레를 끌고 가고 있었다. 거리는 좁혀지고 그 할머니는 주섬주섬 무언가를 줍고 있었다. 폐지와 종이 박스를 모으고 있었다. 지하철에서 승객들이 버리고 간 무가지 신문을 모으는 노인들이 생각났다. 아마도 그 할머니는 힘이 있거나 민첩하지도 않고 하물며 구간 승하차역도 제대로 몰랐으리라. 한 장 한 장 정성껏 종이를 접어 빈 수레에 담는다.

길은 잠시 안양천으로 이어지고 호계 사거리에서 과천 방향으로 우회전한다. 높은 담장이 숨을 막는다. 좌측은 매연이고 우측은 4~5미터 담장 위에 철조망이 더 있다. 빨리 이 도시를 벗어나고 싶다. 하지만 신호등이 수도 없이 있다. 경기도 광주까지 가려면 시간이 부족하다. 신호등이 3분이고 횡단보도가 10개이면 30분이 더 지체된다. 시작부터 착오가 생긴다. 빨간 불인데 차가 없어 에라 하고 뛰는데 저 멀리 승용차가 쏜살 같이 달려온다. 내 달음박질이 시속 10킬로미터라면 그 차는 90이 넘는 것 같다. 벌써 코앞에 와 경적을 울린다. 미안, 휴! 죽을 뻔 했다. 대기하던 사람들이 놀라 기겁한다.

의왕시 포일동을 넘어 청계로 향하는 길에 얼마 전 주공 아파트들은 간데없고 마천루 쭉쭉 빵빵 넓은 아파트 군락이 자리 잡고 있다. 입주를 기다리는 지 연신 부동산 남녀들이 몰려든다. 약삭빠르고 이득을 본업으로 하는 사람들은 지옥에서도 돈을 버는가 보다.

얼마 후 학의천을 만났다. 청계산에서 내려온 물줄기와 백운산 호수에서 내려온 물이 합해지는 지점이다. 생태계가 되살아나서 요즈음 주민들에게 사랑을 받고 있다. 나도 몇 번 마라톤 연습 코스로 뛰어 본 곳이다. 이 하천이 안양천과 합류해서 한강에 도착하는데 얼추 40킬로미터는 될 듯싶다. 지금은 각종 물고기와 새들이 서식하고 있는데 그 개체수가 더욱 늘어나고 있다고 한다.

인간이 만든 상징 건축물 중의 하나인 뉴욕의 자유의 여신상과 파리의 에펠탑이 인간이 갑자기 사라진 후에는 어떻게 변화하는가를 다룬 다큐멘터리를 본 적이 있다. 최후의 에펠탑이 300년 후에 부식과 풍파에 쓰러져 넘어지고 풀과 숲이 그 자리를 덮는다는 이야기다.

1986년에 폭발한 체르노빌 원자력 발전소가 지금은 자연적인 방치 상태에서 서서히 생태계 복원이 되어가고 있다는 사실만 보아도 인간이 이 지구를 파괴하더라도, 그리고 다시 인간이 없다면, 자연은 다시 복원된다는 사실이다.

화려한 밤의 야경이 궁극적으로는 인간에게 파멸의 씨가 되어가고 있다는 것을 우리는 잘 모른다. 인간이 만들어 내는 조그만 전깃불과 차량과 각종 오염들이 모여 지구의 오존층을 파괴하고 점점 남북극의 빙하를 녹이고 있다. 전반적인 지구 온난화와 변화는 각 대양의 조류를 변화시키고 언젠가 또 다른 빙하기가 올 때까지 인간은 자신들이 살고 있는 이 지구를 방치하고 있는지도 모른다. 아니면 수천만 년 만에 한 번씩 돌아온다는 지구 멸망을 우리는 지금 바로 목격하고 있는 지도 모른다.

어쨌거나 거대한 청계산 고가 밑을 지나 나는 청계공원묘지를 넘는다. 감히 외곽순환도로를 지나기가 겁나서 옛길로 우회하기로 했다. 단지 조금만 보행자에게 양보를 해서 경계나 난간을 만들어 준다면 차와 보행자가 공존할 수 있건만 개발의 방식은 여기서도 빨리빨리 방식이 능사인 것 같다.

겨울 가뭄의 운중 호수를 내려가면 그 로또라는 아파트 단지인 판교 신도시와 만난다. 오늘(2009. 2. 15.) 있었던 판교 택지개발지구 내 SK케미칼연구소 터파기 공사장에서 붕괴 사고로 현장 근로자 3명이 숨지고 8명이 중경상을 입은 사건은 수많은 한국의 고질적 인명 경시 사례이다. 저 멀리 와우 아파트 붕괴, 삼풍백화점 붕괴, 성수대교 붕괴, 그리고 이런 후진적 사고는 너무도 많다.

지나는 길에 임대아파트 입주자들이 비닐 천막을 만들고 철야 농성 중이다. 아마도 해가 바뀌어 로또는 간데없고 차익도 못 회수하는 경기 한파에 임대료는 꿈적 하지 않는 불만이 이들을 거리로 내몰았는지 모른다.

낙원지하차도를 지나 세곡동 방향으로 직진하다 동판교로 들어섰다. 이미 도시가 완성된 분당 거리에 사람들이 넘친다. 그들 속에서 나는 이방인이다. 호떡 하나를 덧붙여 천 원어치 김밥이 게눈 감추듯 사라졌다. 탄천을 넘고 하탑을 지나 도촌으로 오른다. 어서 이 매연과 도시를 벗어나고 싶다.

드디어 경기도 광주 입구인 갈현동으로 접어들었다. 간간이 빗방울이 나그네를 재촉한다. 어서 가야 할 텐데 우의를 입는 외부인에게 눈초리가 따갑다. 30년 전 이곳은 실개천과 논으로 어우러진 시골이었다. 귀뚜라미가 슬피 우는 가을밤에 상대원에서 넘어온 공돌이가 잠을 못 이뤄 거닐던 논길이었다. 한 녀석은 밤새워 연애편지를 수없이 썼다가 지우고, 한 녀석은 담배를 그리 피우고, 또 한 녀석은 막걸리에 취해 꺼이꺼이 울었던 자취방이 있었다. 세월은 흘러

그중 한 녀석이 장가를 가 성남 단칸방에 자리 잡아 두 아이를 낳고, 이렇게 2월의 어느 날을 보내고 있다. 그 녀석들은 뿔뿔이 헤어져 지금 어느 곳에서 무엇을 하며 살고 있을까?

갈마터널 오르는 길에 혼자이다. 차도 없고 바람도 없고 그저 내 숨소리만 내 뒤를 밟는다. 산등성이 갈마치 터널 위에는 예쁜 동물 이동로가 만들어져 있다. 처음으로 친환경적인 건축이라 가슴이 따스해진다. 그 위 어느 임의 안식처인지 해지는 고향 광주를 굽어보고 있다.

내려가는 길에 문 닫은 작은 철공소와 공장들이 많이 눈에 띈다. 경제의 한파는 항상, 가장 힘없는 사람들에게로 먼저 닥쳐온다. 물건들이 오랜 기간 동안 가지런히 정리정돈을 하였는지 붉은 녹이 군데군데 보인다. 우측에 보이는 중앙저수지가 아직 봄은 멀었다고 어두운 그림자에 잠겨있다.

아까부터 내 장딴지에도 쥐가 올랐다. 여기는 장지 사거리이다. 지금 생각나는데 운중동 내려오는 길에 힘없는 개 한 마리가 중앙 차도에서 오도 가도 못하고 경적 소리에 바들바들 떨던데, 그 삽살개 무사한지 모르겠다.

광주 장지 사거리 — 양평역

(2009. 3. 1.)

장지해장국을 먹으니 땀이 나서 내복 하의를 벗었다. 혼자 가려니 맘이 짠하다는 아내의 손 마중을 뒤로 하고 신호등을 넘었다. 회색빛 봄이 저만치 걸어오고 있다. 성남에서 광주로 이어지는 고가도로 밑을 통과하여 하남 방향으로 길을 열었다.

두 번째 도보 길이지만 참으로 입에서 욕이 나온다. 50센티미터만 보행자에게 할당을 해주면 얼마나 좋을까마는 길은 온통 자동차 세상이다. 오히려 사이클 부대는 뒤에서 비상등을 켜고 밴이 호위라도 하건만 나는 오로지 내 발과 판단에 모든 것을 걸어야 한다.

먼지와 매연은 고사하고 달리는 차에서 튕겨져 나오는 각종 조각들과 돌들이 날아와 무척 진행을 방해한다. 아니, 부상이나 죽음을 담보하고 나는 이 길을 가야 할 것 같다. 언덕을 내려가자 저 앞에 붉은 글씨가 나를 더 욱 긴장시킨다. '이 도로는 무단횡단 사망사고 많은 지점'이란다. '개죽음'이라 니 애견가들에게 미안하 지만 입에서 쌍시옷이 다 시 나온다.

광주 인터체인지 방향으로 내려가는데 뒤에서 요란한 사이렌 소리가 들린다. 급히 도로 경계석을 넘으니 한 무리 오토바이족들이 신나게 달려간다. 요즈음 흔히 보는 현상들이다. 미국 영화에서나 보듯이 우리나라도 고급 승용차 값 이상 하는 모터사이클이 수없이 많다. 머리에 두건과 두꺼운 안경을 쓰고 무섭게 달려간다. 뒤이어 또 다른 사이클족들이 시속 60킬로미터 이상으로 달려 내려간다.

길 중앙에는 어느 짐승 주검이 시뻘겋다. 잠시 한눈 판 사이 이상한 방향이라 길가 가게에서 길을 물었다. 젊은 아기 엄마가 길을 알려주는데 뒤에는 그 또래의 아기 아빠가 아기를 업고 있다. 그늘진 작은 구멍가게가 더욱 초라하게 보였건만 나는 음료수 하나 사지 않았다. 퇴촌면으로 내려가는 길에 내내 지워지지 않는다.

광동교에 진입하자 한강에는 늦은 철새들이 기지개를 펴고 있다. 조용하고 풍요로운 강이다. 요즘 태백에는 가뭄이 심해 식수를 차로 배달받고 있다는 뉴스를 보았는데 이 물을 퍼 나를 수만 있다면 좋으련만 수도권 사람들은 물 쓰듯 하고 있으니 빈부의 격차는 갈수록 요원한 것 같다.

토촌면에 들러 캔 맥주를 하나 샀다. 시원하게 갈증이 내려간다. 길 건너 사람들이 요란하여 보니 바비큐 식당이다. 수백 명이 모여 종업원들의 고기 굽는 묘기에 줄을 길게 서 있다. 그 옆 가게는 썰렁하게 차 한 대 없다.

고개를 오르며 또 한 번 쌍시옷을 내뱉는다. 차도 옆 비포장 길이 온통 돌과 진흙더미다. 요리조리 피해 가파른 언덕을 넘지만 대향하는 차량 녀석이 한심한 듯 쳐다본다. 집에서 잠이나 잘 것이지 차도에는 왜 나오고 난리냐 이런 눈초리다.

바탕골 예술관에 도착하니 좌측에는 남한강이 봄바람에 흔들리고 있다. 양평까지는 9킬로미터 남아있다는 이정표에 힘이 솟는다. 예전에 이 길에서 양평 하프 마라톤을 한 적이 있어서 거리 계산에 자신감이 든다. 하지만 5시간 이상 쉬지 않고 걸은 노독이 서서히 온몸에서 아우성을 친다. 한강을 바라보며 양갱 하나에 운기를 돋았다.

길가 닥터 박 갤러리가 눈에 들어온다. 7,000원에 생강차 한 잔. '엄마야 강변 살자' 유숙자 씨의 개인전이 열리고 있다. 주제는 '관계와 평화(Relationship & Peace)'이다. 화폭에 담긴 내용이 대비되면서도 추상적이라 조예가 없는 나는 밖으로 나가 한강을 조망했다. 힐 하우스가 옆에 있으며 멀리 새로 짓고 있는 신 양평대교 교각이 우뚝하다. 그 아래로 한강은 조용히 흐르고 있다.

아직 갈 길이 남아 있는 사람에게는 밤이 두렵다. 길을 재촉하는 발걸음에 왠지 처량함이 묻어난다. 힐긋힐긋 지나는 차에서 여전히 옆 눈으로 흘긴다. 어두워지는 차도를 혼자서 걷고 있으니 나도 한심하게 느껴지는데 저들이야말로 오죽하랴. 그러나 한강 재해로 22명의 유명을 달리했다는 추모비가 길을 멈추게 했다.

바람 부는 양근대교 위를 걷는데 추위가 장난이 아니다. 모자를 한 손으로 잡고 배낭을 지고 바람에 온몸을 맡기는 수밖에 없다.

800미터가 왜 그리 긴지. 새로 만들어지고 있는 양평역은 개발의 온기가 아직은 먼 것 같다. 젊은 아줌마가 운영하는 해장국집에 손님은 달랑 나 혼자이니 다시 나가려고 하다가 그냥 국밥 한 그릇 시켰다. 5월이면 전철이 이곳까지 연결된다고 하니 그때를 기다리고 있다고 한다. 밤이 내린 양평에서 덕소로 오는 기차 안이 주말 승객들로 자리가 없다. 카페 열차 칸에서 캔 하나에 무거워진 다리를 쉬고, 한강을 따라 기차는 흔들리고 있다.

양평 - 홍천

(2009. 3. 15.)

나는 간다.

물안개 피어나는 양평

모두들 단잠에 취했을 때

고개를 넘어

벼 밑단 옹기종기 봄을 기다리는

들을 지난다.

기찻길 옆

용문에 가려나

버스를 놓친 초로의 아주머니와

길 건너 동행하는데

강에는 아침 나무들 기지개 펴고

시간은 그대로 멈추어 서 있다.

도로는 앞마을과 뒷마을을 가르고

마실 왕래도 어렵고

햇빛도 가로막아 찬데

간간이 개 짖는 소리만

넘나든다.

광탄을 지나며
정자 아래 푸른 물가
낚시꾼 하나 점을 찍고
저 집은 뉘 집일까.
허리 꾸부려져 쓰러질 듯
어머니 냄새가 난다.
단월초등학교 4학년 박남춘
아빠는 논밭 갈고
엄마는 중학교 행정하시고
홍천까진 멀다고
그리고
버스비가 비싸다고 걱정해준다.
자기도 한번 홍천에서 길을 잃어
집에 오는데 혼났다고
나를 위로해준다.

　11회 단월 고로쇠 축제가 도로 위에서 펼쳐져 있다. 군의 각 마을 잔치가 벌어져 모두들 특색 있는 물품들을 진열하였는데 사고 파는 것보다 한데 모여 안부를 묻고 즐기는 5일장 같다. 국밥 한 그릇, 막걸리 한 잔, 그리고 고로쇠 한 모금, 더 이상 부러울 것이 없다.

　용두를 지나자 갑자기 날은 흐려지고 빗방울 몇이 보인다. 도로 저 아래 농부는 부지런히 손을 놀린다. 남면으로 내려설까 하다가 자동차 전용도로로 진입하였다. 홍천까지 18킬로미터 남았다고 친절하게 푸른 표지판은 서 있고, 동시에 내 입에서는 18이 튀어나온다.

인정사정없이 마주 달려오는 자동차들의 위협과 매연과 굉음을 고스란히 안고 나는 경기도를 등지고 신당고개를 넘어 강원도로 들어섰다. 하나 둘 차들의 두 눈에 쌍심지가 켜질 즈음 내 걸음은 서서히 무디어 갔다.

13킬로미터, 아직도 세 시간 가까이 걸어야 한다. 발바닥은 열과 전쟁을 하고 어깨는 천근 만근 무겁다. 그나마 불이 들어오는 신호봉이 내가 가진 유일한 무기이다. 달려오던 차들이 전방에서 서행한다. 아마도 경찰봉으로 오인한 듯 나도 우습다. 하지만 신호에 서 있던 외제차 녀석은 이를 알아차린 듯 내 옆을 위협하듯 무서운 속도로 굉음을 올리며 사라진다.

도저히 다리가 걱정되어 길가 휴게소를 들러 쉬면서 음료수 하나를 샀다. 그 넓은 홀이 달랑 나 혼자 앉아 홀짝거리는데 음악만 요란하다. 더 이상 염치가 없어 나오고 말았다.

원주로 내달리는 고속도로 아래를 지날 때까지 절뚝거리며 진행하니 저 멀리 밤의 홍천이 아른거린다. 축 처진 어깨와 발 통증을 안고 홍천터미널에 도착하니 바로 양평행이 있다고 한다. 있는 힘껏 탑승구로 달려 나가자 버스는 없고 안경 쓴 안내양이 기다리란다. 아직 도착 안했나 보다 하고 화장실을 보고 호두과자 한 봉지 사오니 차는 방금 떠났단다. 이런 억울할 일이 있나. 잠시만 기다리라고

28

했으면 놓치지 않았을까 하는 생각에 탑승구에서 고래고래 소리쳤다. 그녀도 지지 않고 타는 사람이 기다려야 하는 것이 아니냐고 톤을 높이니 모두들 구경거리라도 있나 하고 모여들었다. 차는 30분 만에 다시 배차가 되고 나는 자리 한 구석에 구부러져 외면한 채 차표를 그녀에게 내밀었다.

동서울행 밤차는 손살 같이 내려가기 시작했다. 잠시 후 남면을 지나고 용두를 지나자 곧 단월에서 내릴 사람 없냐고 운전기사는 조용한 승객들을 깨운다. 지금 박남춘은 뭘 할까? 엄마 아빠 가운데에 누워 자신의 낮 심부름을 얘기할까, 아니면 오늘 길가에서 만났던 꼬치꼬치 묻던 아저씨를 생각할까.

차는 어느새 어묵을 팔며 단속을 걱정했던 어느 부부의 생의 터전인 용문을 지나고, 잠시 후 양평에서 나를 획 던지고 뒤도 돌아보지 않고 서울로 달려갔다. 나에게 11시간 20분 거리를 그놈의 차는 50분 만에 제자리로 나를 확 돌려놓았다.

홍천 - 인제

(2009. 4. 4.)

신라 때는 춘천에 속하였으나 고려 제8대 현종 9년(1018년)에 이르러 지금의 이름으로 정하여졌다는 홍천의 새벽은 영상 3.6도의 쌀쌀한 날씨이다. 9개의 면을 거느리고 있는 홍천의 일출은 붉다. 홍천강을 따라 오르며 뒤에서 구령소리가 들리는데 한 무리의 운동선수들이 달려오고 있다. 공설 운동장으로 시합하러 가는 중학교 선수들이 연신 앳된 목소리로 아침을 깨운다. 홍천 농고를 지나고 구송초등학교에 들르니 이른 시간인지 아이들 소리 하나 없고 조용하다. 발바닥이 이상하다.

화촌면에 들어서니 이른 아침에 부산한 움직임들이 보인다. 한가한 차도를 온통 차지하고 걸으며 주위 논과 밭을 보는 즐거움에 절로 콧노래가 나온다.

저 집은 폐가이다. 한창 70년대에 지어졌을 듯한 농가의 일률적인 양옥인데 무슨 사연인지 아무 인기척이 없다. 어느 슬픈 가족사의 냄새가 났다.

철정터널을 지나자 화양강 휴게소가 나왔다. 화장실에 들르고 우동 한 그릇을 비우니 힘이 생겨난다. 그런데 갑자기 발바닥이 따끔하여 양말을 벗으니 물집이 생겼다. 이번에는 등산화를 신고 왔는데 앞길이 큰일이다. 양말 안에 휴지를 깔고 또 다른 등산양말을 덧신었다.

옛 도로로 내려와 길가 논에 작년 추수 볏단들이 서 있다. 어린 시절처럼 저 볏단에 누워 쉬고 싶지만 갈 길이 멀다. 두촌면으로 넘어가는 길가 절벽에 벌통들이 이채롭다. 주인도 없고 벌들도 없다. 얼마 전, 미국이나 영국에서는 환경오염과 전자파의 영향으로 벌들의 귀소 본능을 잃게 하여 그 개체수가 급격히 감소하고 있다는 뉴스를 접하였는데 우리의 현실은 어떠한 지 궁금하다.

그런데 도중에 두 사람이 다투고 있다. 곰곰이 들으니 산악용 4륜 오토바이를 끌고 가는 노인이 지난번에 산불을 낼 뻔한 사건을 가지고 마을 감시원에게 연신 핀잔을 듣고 있는 중이다. 내일이 한식이라 오는 도중에 확성기 차량을 많이도 봐 왔다. 산불강조기간이라 온 나라가 경각심에 분주하다. 나이는 들었지만 규칙은 따라야 할 듯하다. 그렇거나 말거나 홍천강 상류 물은 무심히 흐르며 모든 것을 품고 있다.

두촌초등학교에 들어가니 아이들이 방과 시간인지 학교를 나오고 있다. 6학년이 총 11명이고 각 학년에 한 학급이 있다는 조그만 초등학교이다. 두촌면사무소 입구에서 발바닥에 청 테이프를 붙이며 잠시 둘러보니 관통 도로가 마치 서부 영화에 나오듯이 모래가 날리는 황야의 거리같이 스산하고 초라하다.

지나치는 동안 왼손은 문제지로 얼굴을 가리고 오른손으로 책을 끼고 맵시 있게 걸어가는 중학교 여학생과 눈이 마주쳤다. 아마도 이 거리에서 가장 예쁘게 걷는 모습에 웃음이 절로 나왔다.

언덕을 오르자 프랑스 쥴장루이 소령의 동상이 서 있다. 6·25 당시 두촌면 전투에서 지뢰에 부상당한 한국군을 구출하고 본인은 지뢰에 희생당한 참전 장교이다. 그의 나이 당시 34세였다. 지금 북

에선 미사일을 쏘네 마네 하며 위협을 하고 있는데, 참으로 우리 주
위에는 나쁜 나라가 많은 것 같다. 우리 강토를 역사적으로 수없이
점령을 한 중국, 임진왜란뿐만 아니라 한일 강제 합방과 지금도 떠
들어 되는 독도 야욕의 일본, 그러나 무엇보다도 이 나라를 반쪽으
로 만든 김일성과 그의 아들 김정일은 참으로 한민족의 역사를 거
슬리고 있는 못된 사람들이다. 우리는 왜 이렇게 갈라져 싸워야 하
는지 가슴이 답답하다. 한편으로 젊음으로 산화한 외국 장교의 희
생이 나로 하여금 이렇게 자유롭게 걷게 하지 않았나 하는 심정에
그저 감사할 따름이다.

　설악산 가는 길이 이렇게 반듯하지 않은 시절, 구불구불 옛 길에
서 만났던 홍천 어느 할머니 막국수집이 지금은 보이지 않는다. 허
름한 초가에 들어가 막국수와 한 잔의 막걸리가 일품이었던 우리의

옛 정서는 서서히 사라지고 크고 현대식 막국수집이 자본의 냄새를 물씬 풍기고 서 있다.

　저 아래 일가족이 밭갈이에 여념이 없다. 그래도 젊은 아들이 경운기로 밭을 일구면 뒤따르는 초로의 아버지가 씨를 뿌리고 그 옆에 서는 허리 구부러진 어머니가 돌을 걸러내고 있다. 이렇게 마냥 보고 있는 내 모습에 수상함이 엿보였는지 진돗개 녀석이 험하게 짖으며 내게 달려올 자세이다.

　빙어의 고장 신남을 지나며 얼추 시간을 보니 인제까지는 갈 듯 싶다. 부평교에 오르니 넓은 강변 들녘이 밭갈이로 분주하다. 양말을 다시 벗어 열을 식히며 괜히 신남에서 하루 묵고 가지 않은 것을 후회했다. 길가에 절퍼덕 앉아 맨발을 하고 있는 모습에 지나가는 차량들에서 호기심 시선이 느껴졌다.

　38선 휴게소를 지나자 본격적인 소양강의 진면목이 보인다. 차로 수없이 지나치며 이곳이 시야가 확 터지는 풍경의 장소란 것을 알았지만 오늘 걸으며 찬찬히 뜯어보는 재미는 쏠쏠하다. 해가 산 능선에 내려와 강에 실루엣을 뿌리며 저무는 모습을 보는 것도 영광이다. 오늘의 노고를 보상받는 듯 온몸으로 다가오는 풍경은 말이 필요 없다. 그저 가만히 서서, 보고만 있어도 눈이 열리고 가슴으로 느끼며 바람에 흔들리는 풀잎 하나도 은은한 감동으로 다가온다. 이 강은 흘러 소양강댐에 이르고 내가 하루 두 차례 넘는 한강을 지나 서해로 내려가겠지. 그곳의 나와 이곳의 나는 무엇이 다른지 반짝이

는 물에 조용히 물어본다.

절뚝이는 왼발을 끌고 인제대교에 발을 들여 놓으니 지펴놓은 밭
에 연기가 피어오르는데 지는 해에 농부의 손놀림이 부산하다.

6킬로미터가 왜 이리 먼지 가도 가도 끝이 없다. 어둠도 짙어진 인
제터널을 통과할 땐 독한 매연에 숨이 막히고 극한 소음에 귀가 떨
어질 것 같았다. 다음에는 귀마개가 필요할 것 같다.

인제 — 고성

(2009. 6. 6.~7.)

언제라도 시작은 떨린다. 새로 산 기능적 운동화 끈을 조이고 아침을 준비하는 인제 시장을 지났다. 발바닥의 두꺼운 촉감이 그리 좋지는 않지만 그럭저럭 걸을 만하다.

인제에서 원통으로 가는 옛길에 만난 자줏빛 꽃들이 줄지어 서서 나를 환영한다. 너무 예뻐서 하나 꺾으려다 오른 중지를 찔렸다.

그 옛날, 어느 소녀가 우유를 팔려고 장에 가는 길, 길가 꽃을 보고 꺾으려다 그만 가시에 찔리고 말았다. 깜짝 놀란 소녀는 머리에 이고 있던 항아리를 떨어뜨리고, 겁이 난 소녀는 부모와 식구

들을 생각하며 울다가 지쳐 쓰러져 다시 눈을 뜨지 못하고 소로 태어났다. 그 후 그 꽃만 뜯어먹었다는 옛 이야기 때문인지 '소녀의 한'이라는 꽃말을 갖고 있는 꽃, 엉경퀴가 바람에 흔들린다.

원통으로 들어가는 입구에 장애용 전동차가 풀밭에 서 있다. 얼마쯤 지나는데 한 사람이 밭에서 몸을 일으킨다. 오른손에는 지팡이를 짚고 왼손에는 비닐봉지를 들고 있다. 잡초를 뜯었는지 그의 온몸은 흙구덩이에서 나온 것 같다.

갑자기 관공서 사이렌 소리가 귀청을 찌른다. 혹시 북에서 드디어 장난이나 친 것일까. 하지만 읍내 사람들은 전혀 요동이 없다. 발을 서둘다 곰곰이 생각하니 오늘이 현충일, 나쁜 사람들이 북에 있다.

우리 오천 년 역사에서 수백만이 굶어죽어도 눈물 흘리지 않는 유일한 북한의 지도자들. 그래서 지금도 남쪽의 젊은이들이 '인제 가면 언제 오나, 원통해서 못 살겠네'라는 자조적인 말이 나왔지. 하지만 오늘 날 '양구가 있어 살겠네.'로 바꿨다는 그런 원통을 나는 지난다.

한계령 갈림길을 두고 간성 방향으로 발걸음을 돌린다. 좁은 도로가 50센티미터 간격도 놔두지 않고 산이나 계곡으로 나를 떠민다. 매연으로 입을 막고 오른손에는 연신 경광봉을 흔들었다. 전국에 녹색 자전거 도로를 만든다고 했는데 그 이전에 사람이 다닐 수 있도록 차도 옆 50센티미터 길은 없는 걸까?

어디선가 경적 소리가 두 번 울린다. 아내가 인제에서 나를 따라 왔다. 얼마나 기쁜지……. 드디어 백담사 입구이다. 자장면 한 그릇 게눈 감추고 집 사람은 백담사로 보냈다.

미시령을 빗겨두고 진부령으로 발을 옮긴다. 빗물인지 폭포물인지 몸을 적시고 귀에 꽂았던 MP3을 빼고 길을 올랐다. 갑자기 세상에 나 혼자 남은 것 같다. 왜 나는 이렇게 걷는 걸까, 무엇이 나를 이곳으로 오게 한 것일까, 저 진부령을 넘어가면 무엇이 나를 기다릴까, 내가 고상한 자아 도치에 빠져든 것일까, 이렇게 걷는 것이 무슨 도움이 될까.

푸른 잎에서 이슬 먹은 물방울 떨어지는 소리, 산비둘기, 산꿩 소리 그리고 왼쪽 흐르는 물소리가 더욱 크게 들린다. 이젠 콧속으로 들어오는 숲 냄새가 더욱 짙어진다.

진부령 언덕은 운무에 덮여 있다. 작년 백두대간을 마치며 비에 흠뻑 젖어 향로봉에 올라 만났던 그 젊은 군인들은 없고 오늘도 백두대간을 타는 일인 텐트가 가랑비에 누워 있다.

내려가는 길, 동쪽 고성을 향하여 바다에 닿는 길은 온몸에 젖음으로 다가온다. 오르며 보지 못했던 비구름이 능선 머리를 감싸며 진부령을 넘을 때 보여주는 초록 색깔로, 마치 깨끗한 물에 멱을 감고 올라가는 선녀처럼 말간 속살을 살짝 보여주는 자태, 그렇게 한순간 느끼는 환희 속에 물마다 빠지고 싶다. 그러다가도 저 밑에서 기쁨 뒤에서 고통의 그림자가 숨어서 나를 엿본다.

휘돌아가는 산길 아니, 바다를 보려면 산이 끝나야 하는데 길은 이어짐의 연속이다. 산 넘으면 산, 산 돌아가면 산이 나의 인내를 시험한다. 수많은 대간 능선을 넘으며 외쳤던 말, '내가 미쳤어.' 그리고 오늘 해 뜨며 시작했던 길이었건만, 이미 머리에 랜턴을 켜고 검은 바다를 향하고 있다. 따뜻한 잠자리도 필요 없고 그저 서 있는 이 도로가 저 모퉁이를 돌아가면 마지막이기를 빌었다.

그러나…….

나의
한반도
둘레길

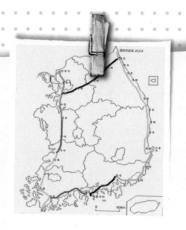

2부.
꿈꾸는 7번국도, 동해안을 걷다

    길은 다시 바람 부는 언덕을 넘어 남으로 남으로 이어졌다. 갑자기 마주친 산고양이가 내 모습을 노려본다. 요놈, 녀석을 숲으로 퇴각시키고 나는 승리감으로 으쓱하고, 심곡항으로 내려갔다. 허리 굽혀져 지팡이도 힘에 겨워 보이는 마실 가는 할머니, 뒤에 보이는 할머니집도 다 쓰러져 간다. 그 할머니 뒤로 또 바람이 따라갔다.

고성 통일전망대 출입신고소 - 속초

(2009. 7. 5.)

고성 통일전망대 출입신고소 바로 전에 1-1 버스에서 내렸다. 내린 사람은 단 둘, 무표정한 기사 아저씨의 피곤한 대답에서 흐린 아침이 묻어난다. 민통선 안을 걷는다는 것이 어려울 것 같아 동해의 발걸음 시작 지점을 이곳으로 정했다.

코스모스를 다듬는 마을 사람들이 정겹다. 가을이 벌써 그려진다.

비에 젖은 도로는 철책에 가려져 바다 조망을 방해한다. 언제야 온전히 저 바다를 가질 수 있을까? 분단의 아픔은 고스란히 바닷물에 잠겨 있다. 오늘따라 발걸음이 무겁다.

텅 빈 저 집은 어느 가족의 애환이 있는 것일까? 사람의 온기가 빠져나간 슬레이트 지붕 아래 창문 역할을 제대로 못하고 있는 버려진 고단함이 엿보인다.

화진포 사랑 노래 비

거진항에 들어서자 바다 속으로 입수하는 해녀들의 휘파람 소리가 들려온다. 가만히 서서 이 광경을 보았다. 점심나절까지 물질을 한다고 하니 제주도와 별반 다른 것이 없다. 지금은 성게 철이라 한 시간이라도 더 벌려고 고통을 참는다고 한다. 그리하여 자식들을 모두 공부시키고 도시로 보냈겠지.

가랑비에 오롯이 서 있는 저 해녀 동상이 왜 그리 슬퍼 보이는지 가슴이 저민다.

초도항, 작지만 아름다운 곳이다. 길가에서 꽃향기가 바람에 실려 온다. 양귀비가 현종 앞에 나가 전날 먹은 술기운의 붉은 홍조를 '해당화의 잠이 아직 깨어나지 않았사옵니다.'라고 전해졌다는 해당화.

하지만 우리나라 이미자 씨의 노랫말이 더욱 어울린다.

한 번도 당신 앞에 사랑 고백을 하지 못하고 그대로 보냈나.

바람이 불 때마다 궂은비 올 때마다

더욱 더 당신 모습 그리워져

하염없이 기다리는 한 송이 해당화.

그 이웃은 노란 금계국으로 호수를 끼고 해당화와 벗하고 있다. 한국 전쟁 당시 김일성 별장으로 알려진 화진포 성은 소나무 군락으로 가려져 있다. 전망이 좋은 이곳에서, 우리나라 역사에서 무엇을 얻고자 하였는지 지금도 그 자식은 3대째 물려받고 있다.

갑자기 『내 딸을 백 원에 팝니다』라는 시집을 낸 탈북 시인 장진성 씨의 인터뷰가 생각났다.

오후 5시쯤이다. 평양의 동대원구역 시장을 지나는데, 사람들이 많이 모여 있었다. 공개 처형이 있는 줄 알았다. 공개처형은 주민 '교양'이 목적이라 사람들이 모이는 시장에서 많이 이뤄진다. 그런데 병든 엄마가 딸을 파는 광경을 목격한 것이다. 안전원(경찰)이 와서 '사람을 팔고 사느냐, 정치범 감이다'라며 흥분했다. 한 군인이 차마 더 볼 수가 없는 듯 백 원을 주고 딸을 데려갔다. 돈을 받더니 엄마는 어딘가로 뛰어갔다. 가버리는 줄 알았는데…… 그 돈으로 빵을 사 갖고 와 우는 딸에게 건네줬다. 그때 사람들이 박수를 쳤다.

그는 초췌했다.

내 딸을 백 원에 팝니다

그 종이를 목에 건 채
어린 딸 옆에 세운 채
시장에 서 있던 그 여인은
그는 벙어리였다

팔리는 딸애와
팔고 있는 모성을 보며
사람들이 던지는 저주에도
땅바닥만 내려 보던 그 여인은
그는 눈물도 없었다

제 엄마가 죽을병에 걸렸다고
고함치며 울음 터치며
딸애가 치마폭에 안길 때도
입술만 파르르 떨고 있던 그 여인은
그는 감사할 줄도 몰랐다

당신 딸이 아니라
모성애를 산다며
한 군인이 백 원을 쥐어주자
그 돈 들고 어디론가 뛰어가던 그 여인은
그는 어머니였다

딸을 판 백 원으로

밀가루빵 사 들고 허둥지둥 달려와
이별하는 딸애의 입술에 넣어주며
– 용서해라! 통곡하던 그 여인은

길은 돌아 언덕을 넘어갔다. 가랑비에 옷은 젖어도 배낭을 적시면
곤란하여 커버를 씌웠다. 저 아래에서 자전거 한 대가 천천히 올라
오고 있다. 뒤에는 보따리 두 개를 양 옆에 끼고 그는 점점 내게 다
가 왔다. 전라도 광주에서 시작된 여정이 오늘은 통일전망대까지란
다. 서로에게 안전을 빌며 헤어졌다. 그는 북으로 나는 남으로 간다.

'해맞이 봉'의 나무 계단을 올랐다. 명태 한 마리가 나를 반기고
동해의 푸른 물은 고단한 다리에 휴식을 선사한다. 바람이 바다에
서 올라온다.

거진항에 들러 점심으로 오징어 물회를 시켰다. 시원한 맥주 한
잔에 여독이 조금 풀리는 것 같다. 허나 진행이 매우 더딘 것 같다.

고성을 지나 발걸음에 힘을 쏟는다. 송지호 오토캠핑장에서 바다
를 낀 철책을 따라 남진을 계속하였다. 모래에 발이 빠지자 신발을
벗었다. 모퉁이를 돌자 철책 다리가 보였다. 그 속을 넘어 도로로
진입하려는 순간 앞에 탱크가 서 있다. 민간인 출입금지 구역이다.
번거롭게 하기 싫어 다시 되돌아 나오는데 거리가 상당하다. 1시간

정도 철책 모랫길을 갔
다 왔다.

다시 백도를 지나 이
름도 예쁜 아야진항으
로 들어갔다. 어느 아주
머니께 속초 청호동을
물으니 버스를 타라고 한다. 다리에 서서히 무리가 오기 시작했다.
모래사장 철책을 끼고 돌아가니 청간정이 나왔다. 아무도 없는 그
곳에서 서서히 어두워지는 바다를 본다. 그 시절 시인 묵객들이 둘
러앉아 술잔을 기울이며 바다와 달을 보며 한 수 읊었을 것이니 그
얼마나 부러울까! 하지만 나그네는 발걸음이 멀다.

돌아나오니 산본에서 여기까지 걸어온 길 중 가장 훌륭하며 고마
운 나무받침길이 나를 감동시킨다. 인도를 모두 이것처럼 하면 돈이
많이 들겠지. 하여튼 청간교와 천진교를 지났다.

길은 어두워져서 경광등에 불을 켰다. 해 넘어가니 금방 사위가
밤으로 변했다. 길 떠난 객은 밤이 두렵다. 방향과 거리를 분간 못
하며 더구나 보이는 것 없으니 힘도 배가 든다.

용촌 삼거리에서 급한 고개를 치고 오르니 드디어 속초로 진입
하였다. 오늘은 장사동에서 발걸음을 멈췄다. 고성으로 가는 버스
를 탔는데 운전수는 공교롭게도 오늘 아침의 그 기사 양반이다. 그

는 더욱 피곤해 보였는데 나는 이것도 특별한 인연인 것 같았다. 13시간 만에 다시 만났으니 그도 나도 편한 꿈 잠자리를 가졌으면 좋겠다.

속초(장사동 사진항) — 하조대

(2009. 8. 28.~29.)

기차 여행이 예전만은 못하지만 어딘가를 떠난다는 생각에 아직
도 설렌다. 기차 시설이 매우 현대적이라 정각 정시에 청량리를 출발
했다. 카페 시설 칸에는 이미 바닥에 주저앉아 자리를 차지한 사람
들이 제법 있었다. 젊은 처녀 총각들은 맥주 캔을 비우며 즐거워했
으며, 나이 좀 드신 분들은 창가 간이 의자에 앉아 사위 어두운 밖
풍경에 눈을 두고 있는데 기차는 철커덩 팔당댐을 지났다.

점점 마음이 부드러워졌는지 자신들의 말소리에 진실이 묻어난
다. 한 동네 사람들인지 누나, 동생 하며 일 하는 곳의 이야기를 주
저리주저리 소주잔을 비우며 애환을 달래고 있다. 옆에는 한 아가
씨가 과자봉지를 가끔 넘나들며 남자친구와의 오늘 소원한 감정을
달래려는지 연신 전화에 열중이다.

내 옆에는 6살 꼬마소녀가 난간을 잡고 재주를 피운다. 기차가 양평을 지나자 제법 승객들이 내리고 차 안이 한층 한가해졌으며, 그럴수록 빛이 없는 어둠 속으로 내 몸은 달려갔다. 알밤 한 봉지에 꼬마 소녀의 성명도 알아냈는데, 아빠랑 산에 많이 가는지 등산 배낭에 익숙하다. 원주에서 소녀가 내리고 더 이상 있을 수 없어 좌석에 가 눈을 붙인다. 들뜬 승객 몇은 계속 이 밤을 즐기는데, 열차는 태백을 갈 지(之) 자로 넘어가고 있다. 언뜻 잠이 들었다가 소란스러운 소리에 눈을 뜨니 정동진역이다. 밖에는 비가 내리고 젊은 쌍들은 그것을 즐기며 뿔뿔이 흩어졌다.

새벽 4시 50분에 몇 남지 않은 사람들이 종착역인 강릉역에 도착했다. 공 선생도 기지개를 편다. 피곤한 몸이 비로 정신이 들고 우리는 택시로 버스터미널로 향했다. 6시 30분 속초행 버스에 몇이 올랐다. 비에 젖은 도로가 휙휙 지나갔으며 우리도 서서히 생기를 찾아갔다.

사진항 입구에서 우리는 걷기 시작했다. 가는 길에 일회용 우의 하나 입고 한가한 도로를 타고 남쪽으로 내려갔다.

맨해튼 월가의 황소를 누가 또 이곳에 갔다 놨는지 도로 한 곳을 차지하고 있다.

좁은 길목을 나오니 갯배가 기다린다. 200원에 스스로 철줄을 당겨 넘어간다. 북한 실향민들이 모여 사는 아바이 마을 입구에 송혜교 영화 포스터가 주위를 환하게 만들고 있다. 다천식당에 들러 국밥 한 그릇에 허기를 채운다. 첫 손님인지 주인 할머니의 상냥한 목소리가 듣기 좋다. 소주 반주가 비에 잘도 넘어간다.

청호대교를 바라보며 방파제 위를 걸어갔다. 좌로는 성난 파도가 요동을 치는데, 우로는 납작 엎드린 집들이 빗속에 조용하다. 오늘은 얼마만큼 걸어야 하나, 하지만 우린 떠든다. 아마도 일 년 치를 오늘 다 떠들 것 같다.

속초해수욕장에 도착했다. 바다는 춤을 추나 백사장은 텅 비어 있다. 그 많은 해수욕객들은 다 어디로 갔을까? 작열했던 태양과 젊음, 그리고 바닷가를 걸으며 맹세한 사연들은 바닷물에 지워지고 지금 가랑비만 내린다. 바다는 말없이 두 나그네를 달랜다. 그저 주저앉아 바람 바다를 바라보니 갈 길이 멀다.

외옹치항을 지나며 연신 카메라를 누르는 공 선생의 표정이 우습다. 소풍 나온 초등학생 마냥 여기저기를 두리번거린다. 주말 오전의 대포항은 비로 썰렁하다. 우리를 호객하나 우리는 이를 외면했다. 수많은 항구에서 정보를 얻었기에 그들의 교묘한 수법도 별거 아니다. 설악산 입구 속초해맞이공원에서 잠시 멈췄다. 두 인어 연인상이 전설을 말해준다. 그들의 이야기는 슬프나 이곳에서 맹세한 연인들은 이루어진다는 역설은 잘도 만들어졌다. 남북으로 마주하는 손끝 동상에 우리 초병의 눈초리가 느껴졌다.

설악해수욕장을 지나 낙산사로 들어갔다. 불탄 흔적들, 누워있는 범종, 베어진 소나무 그루터기, 그 많고 유서 깊던 사찰은 온통 새것으로 개벽하고 옛것의 향기는 그을음으로 남아있다. 그곳에서 공 선생은 절을 한다. 하지만 다행인 것은 의상대가 온전히 남아 높은 파도를 굽어보고 있다. 헌데 파도와 비로 인해 의상대 귀퉁이가 위태롭다. 속히 보수를 해야 할 것이다. 낙산사는 지금 파도에 묻혀 있다.

낙산해수욕장 앞에서 물회를 시켰다. 소주와 맥주를 섞어서 시장 끼로 단숨에 먹어치웠다. 배불리 먹고 계산을 하니 물회 한 그릇에 만오천 원이란다. 아무리 관광지라고 해도 피서철도 지나고 뜸한 손님에게 바가지를 씌우다니 거진항에서 먹은 물회는 이보다 더 풍성하고 인심이 후했다는 사실에 분통이 터진다. 불찰에 더 화가 난다. 못된 상술들, 하루 장사로 그 얼마나 부자가 될까? 입맛이 씁쓸하다.

투덜거리는 발걸음은 낙산대교 위에서 풀렸다. 차 뜸한 대교 위에서 유유히 흐르는 물 아래로 거슬러 오르는 커다란 물고기를 본 것이다. 맑은 물에 그리 깊지 않은 곳을 거슬러 오르는 그 유영은 어느 도사의 걸음 같다. 감탄을 하며 또 없나 보지만 설악에서 내려온 물은 조용하다.

잠시 오산리 선사유적박물관에 들렀다. 바다를 배경으로 수렵과 어업을 병행했을 그들의 자취는 유물로 남아 후세에게 말하고 있다. 아이들의 역사 교육장으로 족하며 그 옆은 갈대숲으로 보기 좋다. 길은 언덕을 오르는데 보행에 지장이 많아졌다. 경광등을 켜고 차를 정면으로 대향하며 걷는 습성은 나에게 익숙하나 공 선생은 어떨까 궁금하다. 아닌 게 아니라 종종 쉬는 시간이 많아졌다. 대간을 끝내고 작년 사고 후에 체력이 무척 떨어진 듯싶다.

양양국제공항으로 경비행기가 난다. 말 많고 탈 많은 이 공항은 국제공항에 어울리지 않게 경비행기만 뜨고 내리는 것 같다. 남북

대치로 훗날 큰 효용이 있을지는 몰라도 엄청 국민 혈세는 줄줄 세고 있는 것 같다.

길은 길게 이어지고 우리의 대화도 점점 뜸해지고 있다. 발로써 모든 일을 하는 이들에게 목적지는 멀다. 하조대의 넓은 해수욕장 안으로 우리는 들어갔다.

백사장에 걸터앉아 목적지를 가늠하는데 앞의 모텔이 유혹한다. 값도 적당하고 무엇보다도 하조대 앞바다를 굽어보고 있어서 고개 넘어 기사문항에서 오늘을 접기로 했던 계획을 변경했다.

따뜻한 물로 샤워를 하고 먹어도 줄지 않는 가자미회를 곁들여 하루를 마친다. 술잔에 취하고 파도에 취하고 나도 취하고 그도 취한다. 하조대의 하룻밤은 그렇게 흘러갔다.

하조대 - 경포대

(2010. 4. 3.~4.)

강릉행 고속버스에 10여 명이 탔다. 그것도 주말에 이 정도이니 운영이 제대로 되는지 의문이다. 어쨌든지 뒷좌석 한 라인을 온통 차지한 채 고속도로를 버스는 달린다. 강릉 터미널에서 공 선생과 함께 점심을 먹고 속초행 직행버스에 올랐다. 맨 앞좌석의 초로 아줌마의 딱딱거리는 껌 씹는 소리에 기사 양반이 한 마디 한다. 그 아줌마도 맞장구치며 그 정도의 예의는 있다고 한다. 몇 명 타지 않은 버스의 기운이 냉랭하다. 하조대에서 우리는 내렸다.

'다 같이 그러나 다르게'라는 구호가 재밌다. 도시로 모이는 교육의 집중은 획일성과 성적 만능주의에 젖어 개성이 없어진 지 오래다. 시골의 학생은 계속 줄어 폐교가 늘어가는 지금이지만 그 옛날 벼메뚜기를 잡으며 등하교를 했던 그 아련한 기억의 우리 부모 세대들에게는 되돌릴 수 없는 영원한 추억거리가 되었다. 그 때에는 우리의 학원이란 온 산과 들과 개천이었는데 말이다.

기사문항으로 들어가는 입구에 폐쇄된 맥주 집. 항구에 닻을 내린 선원들의 왁자한 목소리가 금방이라도 바람에 실려 들려오는 것 같다. 저 먼 바다에서 불어오는 아직 냉기 품은 바람은 그물 고르는 아낙의 손마디에서 떠날 줄 모른다. 그리고 인간이 그어놓은 38선 표시는 돌비석에 남아있고 바다를 향하는 바위 위에는 소나무 몇 그루가 생명의 처절함을 노래한다.

저 아래 슬레이트 지붕 안에 이젠 사람이 흔적이 보이지 않는데, 그곳에서 살았을 어느 할머니는 온종일 빈 가슴으로 찬바람만 맞았을 것 같다.

가는 길 곳곳에 보이는 기둥과 벽들은 한국동란 전에 달렸을 증기기관차 철로였었나 보다. 지금은 밭이나 도로로 흡수되고 흩어져 아련한 흔적으로만 남아 있다.

남애항은 피항 한 어선들로 가득하다. 옛 영화 〈고래사냥〉의 촬영지라고 관광객을 부르는데 바람바다에 몇 쌍의 연인들이 들고 날 뿐 그저 어촌의 쇠잔함만이 넘실된다. 저 대나무에 세워진 안전모는 무슨 뜻일까? 그 옆에서 먼 바다를 바라보고 서 있는 갈매기와 비슷하다.

여기는 주문진에서 떨어진 외진 항구. 털고 남은 횟감을 얻어먹으려는 갈매기들의 자리싸움이 한창이다. 자연산 도다리와 가재미회 한 접시 들고 철이네 집에서 나그네의 회포를 푼다. 밤은 깊어가고 모래사장에 절퍼덕 앉아 달과 별을 배경으로 우리는 자꾸만 흩어지고 사라지는 파도소리에 술잔을 기울였다.

새벽이다. 또 다른 시작이다. 일출은 새로운 희망을 품고 동해 바다를 박차고 오른다. 그러나 철책 너머 저 군인들이 뭔가 흔적을 수색하고 있다. 이 아름다운 아침에 우리는 아픔을 느낀다.

15년 전에 가서 본 캘리포니아 만이 생각났다. 그 해안을 따라 형성된 천혜의 바다와 모래, 그리고 파도는 그 얼마나 아름답고 풍요롭던지…… 서핑과 파도를 타며 그칠 줄 모르고 나오는 그들의 명랑한 웃음들은 지금도 아득한 잔상이 되어 부러움으로 되살아난다.

우리도 그 못지않은 해안과 아름다움을 갖추고 있는데 저곳에 들어갈 수 없으며 또 만지지도 못한다. 우리 것을 우리가 갖지 못하는 이 서글픈 현실은 지금 서해에서 또 다른 전장을 만들고 있다.

백두대간 어느 무서리가 내리던 날, 소백산 비로봉에서 일출을 보려고 두 시간을 기다렸던 몇 년 전 추위보다 오늘 모텔 발코니에서 보는 일출이 더욱 춥게만 느껴졌다.

그래도 소나무 숲 아침 길은 위안이다. 이런 길이 경포대까지 이어지면 얼마나 좋을까?

사천해수욕장에 있는 카페에서 아침을 맞는다. 갑자기 이른 시장기가 몰려왔다.

사천항에 서 있는 저 머구리 동상은 무엇을 꿈꾸고 있을까? 서해 천안함 구조에서 유명을 달리한 한주호 준위가 갑자기 생각났다. 그에게 산소 호스가 연결된 저런 도구가 조금 더 빨리 준비되었더라면 그의 안타까운 죽음을 막을 수 있었을 텐데…….

우리네 인생사에서 보기두문 영웅이 사라진다는 것은 커다란 손실이며 또 다른 슬픔이다. 자식 같은 후배 해군들의 생사를 몸소 해결하려 했던 그의 용기는 조그만 안전 도구 소홀로 무너지게 되었다니 참으로 애석한 일이다.

길게 이어진 넓은 들에도 봄 준비가 한창인데 저 멀리 대관령 준령은 아직도 눈에 묻혀있다. 우리는 길을 벗어나 모래사장으로 들어갔다. 이 백사장이 끝나는 곳에 오늘의 종착지 경포해수욕장이 아득히 보인다. 앞서 간 발자국을 따라 우리는 계속 걸었다. 경포해수욕장에는 봄소식이 완연하고 경포대 호수의 흔들리는 갈대는 음악이 되어 귓속으로 파고든다.

경포대 – 묵호역

(2010. 11. 28.~29.)

육 개월 만에 길을 나섰다. 원래 동행하려 했던 상대가 마음을 바꾸는 바람에 다시 홀로 되었다. 여행이란 혼자가 되어야 더욱 뜻 깊다. 물론 외로움과 위험을 스스로 감수해야겠지만. 강릉항을 끼고 솔바람 다리를 건너면 남항진항인데 어제 큰바람에 정자 지붕이 폭

삭 무너져 있다. 사람은 다치지 않았다고 하는데 새끼 밴 강아지 한 마리가 내 주위를 맴돈다. 찬바람에 두 눈을 감으며 이방인에게 경계를 푸는데 녀석의 무거운 몸이 오히려 걱정된다.

길은 뚝길로 접어들었다. 산에서 내려온 물이 반짝이며 바닷물과 만난다. 휑한 논을 건너 작은 언덕을 넘어가자 또 다른 개들의 합창이다. 여태껏 맛보지 못한 이방인의 체취를 그들은 멀리서도 알아본다. 아무도 나오지 않는 문 닫힌 시골집이 볕을 쬐고 있다. 어린 강아지 한 마리 제 어미의 울부짖음에 아랑곳없이 나를 반긴다. 그 옆 망아지 고개를 갸웃거리며 커다란 눈망울을 굴린다. 겨우 강아지를 돌려보내며 다시 혼자라는 생각에 산길이 더디다. 시래기 널린 빗장 진 집을 지나 도로로 나오기까지 제법 시간이 소요되었다.

기찻길을 횡단하며 겁나게 써진 경고문이 눈에 들어왔다. 어린 시절 철길에 귀를 놓아 기차가 오는 소리에 볼이 따가운 줄 몰랐었는데, 이젠 그런 아련함이 없어지고 철길은 그저 차가운 철길이다. 길은 다시 조용한 마을길로 접어들고 바람은 여전히 숲에서 운다.

하사동고분이 있는 산길을 넘는데 태평양 건너 형의 전화가 왔다. 서해의 도발 소식에 여기 동해는 바람만 있다고 하니, 팔자 좋다고 한다. 그리고 푸른 하늘 동쪽으로 점점이 멀어지는 여객기에 소식을 실려 보냈다.

까나리액젓을 만드는 투박한 손등의 초로 노인의 길 안내를 받고

안인해수욕장으로 넘어갔다. 겨울을 준비하는 해수욕장은 갈매기
들의 차지이다. 바람에 날개를 펴고 비행하는 저들의 자유스러움도
간간이 억센 바람에 날갯짓을 멈춘다.

등명락가사를 지나 6·25남침기념비에 잠시 휴식을 취했다. 6·25
나기 1시간 전에 이곳부터 전쟁은 시작되었다는 글을 보면, 저 북쪽
일당들의 1차 양민 학살의 시작을 알리는 글의 유례비가 어두워지
는 정동진역을 바라본다.

정동진은 평일 새벽에도 사람들로 붐빈다. 〈모래시계〉 여주인공
이 머물렀던 저 소나무 아래로 사람들이 모인다. 하지만 일출은 더
멀리 남쪽으로 내려가 썬크루즈 리조트에 올라 보게 되었다. 어제
먹은 반주가 과했는지 과민성 대장증후군 신호, 울며 겨자 먹기 식

으로 거금 오천 원을 주고 조각공원에 입장해야 했다. 그러나 정동 진역과 일출이 한 눈에 들어오는 아깝지 않은 전망대이다.

길은 다시 바람 부는 언덕을 넘어 남으로 남으로 이어졌다. 갑자기 마주친 산고양이가 내 모습을 노려본다. 요놈, 녀석을 숲으로 퇴각시키고 나는 승리감으로 으쓱하고, 심곡항으로 내려갔다. 허리 굽혀져 지팡이도 힘에 겨워 보이는 마실 가는 할머니, 뒤에 보이는 할머니집도 다 쓰러져 간다. 그 할머니 뒤로 또 바람이 따라갔다.

길은 굽이굽이 해안가를 돌며 벼랑을 만난다. 금진항과 해변을 지나면 길은 소나무 숲 사이로 수백 기의 묘들이 자리 잡고 있다. 바다와 모래와 숲이 만나는 일직선상에서 평범한 생을 살다 묻혀 간 선인들의 일상이 낮은 집집마다 남아있다. 넓은 들과 둑길을 지나며 오직 백로 한 마리 발자국 소리에 난다. 저 멀리 청옥, 두타산이 눈을 이고 있다.

작은 다리를 건너 옥계역으로 빠져 나오면 길은 다시 차들의 신작로이다. 좌측의 웅장한 시멘트공장이 위압적이며 을씨년스럽다. 그때 고라니 한 마리 숲속으로 튄다. 고개를 넘자 망상해변이 끝없이 이어졌다. 그 옆으로 가야 할 일직선 도로가 다시 기를 누른다. 이젠 외로움보다도 마주 오는 차들의 속도가 두려움으로 다가와 도로 밖으로 계속 피신을 해야 했다. 에고, 서서히 발바닥과 발목에 피로가 몰려왔다.

절뚝이는 다리를 끌고 망상해변으로 들어갔다. 사람들의 흔적은 모래사장에 남아있다가 곧 파도와 바람에 지워져 갔다. 바다로 향한 그네에 앉아 걸어온 뒤안길을 돌아본다. 많이도 왔네. 굽이지는 해안선이 아득히 멀다. 바다와 모래와 바람 그리고 나. 온몸의 피곤보다 마음이 왠지 평온하다. 외로움도 익숙해지면 견딜만한 친구 같다. 청승 그만 떨고, 해변 끝에서 다시 한 번 철로를 무단 횡단했다.

대진항을 지나면 문어 전설이 서린 까막 바위가 잠시 웃음을 자아낸다. 어달항을 또 지나면 오늘의 목적지 묵호항에 다다른다.

까마귀가 많이 모인다고 해서 오이진(烏耳津)이란 지명이 새나루로 변하고, 그 후 바다도 물도 검다 해서 묵호(墨湖)라고 했다는 이곳은 나에게 아련한 추억이 있다. 오랜 옛날 울진, 삼척으로 무장공비가 침투하던 시절 처음으로 고속버스를 타고 이곳에 내려 묵호항을 찾았는데 골목에 서 있던 사내가 내게 물었다. 어디서, 무엇 때문에 이곳에 왔는지 꼬치꼬치 물었어. 나는 겁을 잔뜩 먹고 결국 묵호항에 발을 들이지 못하고 돌아서야 했던 호랑이 담배 먹던 시절이었어. 지금, 그 사내 꼬부랑 할아버지가 되어 있겠지.

기차는 동해역을 지나 백두대간 허리를 넘는다. 풍전역에서 특이한 갈 지(之) 자로 준령을 오른다. 태백을 지나면 우리나라 가장 높은 간이역, 추전역이 보인다. 좌측 창으로는 함백산이, 우측 창으로는 풍차를 돌리며 매봉이 달려있다. 하늘은 파랗고 능선은 지금까지 보았던 할머니들의 등처럼 휘어져 멀리 사라진다. 한 번은 눈 속에 지나고, 또 한 번은 새벽에 올랐던 백두대간 능선 길 저 위로 금대 봉이 보인다.

갑자기 기차는 어둠 속으로 들어가며 내 상념을 지웠다. 고한역을 지나자 더욱 납작 엎드린 집들과 눈 그리고 검은 물 흐름이 서쪽으로 달려 내려가는 땅거미와 닮아간다. 더불어 덜커덩 거리는 기차 소리와 나는 하나가 된다.

묵호역 – 임원항

(2011. 3. 12.)

새벽 4시 반에 태백을 넘어온 열차는 몇 사람을 부려 놓고 뻰질나게 달려갔다. 청량리부터 쉼 없이 떠들던 3명의 아가씨들이 내 뒤를 따라 내린다. 그녀들은 이 새벽 묵호항에 왜 왔을까?

모두들 잠든 도로를 거슬러 길을 따라 내려가며 호흡을 가다듬었다. 배낭을 둘러메고 가는 길가에 수십 년 만에 내렸다는 눈이 뭉텅이 되어 길가에 잔뜩 흙을 덮고 있다. 아직도 어두운 밤 동해역을 지나는데 할머니 두 분이 연장을 들고 나온다. 이 새벽 그들은 일터로 나서고 있다. 얼른 그들을 지나 앞서 나갔다. 약간의 의심어린 느낌을 뒤에 두고서 다리를 건너 길은 크게 왼쪽으로 꺾어졌다.

닭들의 하루를 알리는 "꼭끼오!" 소리는 언제나 연기 모락모락 나는 초가 새벽을 떠오르게 한다. 그 사이로 걸쭉한 개 짖는 소리

는 내가 고개 하나를 넘어갈 때까지 계속 따라왔다. 길은 지난 눈 사태를 말해주듯 흙과 돌과 잔해들로 널브러져 있고 가드레일 밑에는 얼마 전에 숨을 거둔 고라니 한 마리가 두 눈을 부릅뜬 체 모로 누워있다.

주인을 기다리는 넓은 나대지와 공장 지대를 지나고 여러 조각품들이 여명을 맞는 추암역으로 들어갔다. 어디서나 일출은 하루의 시작일 뿐 아니라 희망과 각오의 출발이기에 백사장 위에 카메라를 고정하고 기다리는 사람들은 그 순간을 담기 위해 추위에 서성이고 있다. '동해물과 백두산이……' 애국가 배경화면으로 나오는 일출. 그러나 왕왕 일출은 수평선 위가 아니라 기다림의 순간이 한참 지난 후 구름 위에서 그 자태를 보여주곤 한다. 오늘도 그들과 나는 찬란한 기대를 내려두고 한참 솟은 태양을 맞아야 했다.

아침을 먹고 눈 먼지로 지저분한 도로를 따라 삼척역을 지났다. 차들은 전용도로로 들어가고 나는 다시 호젓한 옛길로 접어들었다. 언덕 위로 오르는데 시야와 가슴이 뻥 뚫리는 경관을 만났다. 맹방 해수욕장이 아침 연무에 아련히 저 멀리 끝으로 연결되어 있다.

아무도 없다. 바다는 조용히 철썩대고 바람은 내 주위를 스치고 지나갔다. 갑자기 마음 저 밑바닥에서 울분과 분노 그리고 패배에 따르는 후회가 솟아올랐다. 바다 한 번 쳐다보고 왔던 길을 뒤돌아보아도 텅 빈 공간이다. 다니고 있는 직장에서의 승진 문제, 한없이 굽실거리며 이제는 어느 라인에 줄을 서야 하는가? 연령이 많아서?

출신 학교가 달라서? 그저 푸념과 하소연의 읊조림만이 부질없이 바람따라 모래사장 위를 맴돈다. 아직 인정할 수 없고 버릴 수 없는 욕심이 속에서 부글거린다. 두 손을 번쩍 들고 소리를 질렀다. 바다는 아무 대답이 없다. 역사의 수레바퀴는 정과 반을 함께 끌고 가는 것이지만 정의는 과연 어느 곳에 있을까? 갈 길이 멀다.

작은 덕봉대교를 넘어 마읍천을 따라 올라갔다. 시내에는 천둥오리와 백로, 그리고 각종 새들로 부산하다. 겨울의 차가운 기운을 따스한 햇볕에 털어 보내며 한껏 긴 목을 편다. 새들은 나의 작은 셔터 소리에 놀라 수심 깊이 도망갔다. 뚝방길은 제법 길었다. 연어가 돌아온다는 글 귀 밑에 벌금이 삼백만 원이란다. 내 발자국 소리에 백로가 날갯죽지를 폈다.

그때 초등학생 소녀와 마주쳤다. 소녀 홀로 물가로 내려와 새들을 보고 다시 제방을 넘어 도로를 걸어가고 있었다.

"쟤들이 왜 저렇게 짖니?"
"우리 이모 개들인데 나만 보면 그래요."
"왜?"
"저들이 새끼가 있는데, 어험, 조용히 안 해!"

개들은 더욱 소리 내어 짖었다. 이방인인 나보다 개구쟁이 소녀가 그들에겐 더욱 두려운 존재인 양 싶었다.

68

마을로 접어들자 여기저기 횟가루가 도로를 덮고 있다. 울타리를 넘어 소들의 음매 소리가 정겹다. 어느 우사는 폐쇄되어 커다란 문은 굳게 닫혀있다. 생명을 보장받은 가축들과 그렇지 못한 생명들 사이의 묘한 슬픔이 묻어있는 마을길이다. 그 많은 추운 밤을 새웠을 구제역 바리게이트 대용품이 볕을 쬐며 안쓰럽게 길가에 벗어나 있다. 그래도 이 마을은 그나마 다행이라고 그리고 먼 길 잘 가라고, 장수촌식당 아주머니는 계란 프라이를 듬뿍 주며 설명해준다. 된장국이 꿀맛이었다.

다시 힘을 얻고 사거리를 지나 언덕을 넘어갔다. 궁촌리로 넘어가자 레일바이크 타는 사람들로 만원이다. 서서히 나의 발은 부르터오고 쉼을 반복했다. 아무도 없는 황영조 기념공원을 넘어 옛 7번국도는 눈들로 덮여있다.

차도 사람도 없는 산길을 넘자 해신당 공원이 바다를 안고 서 있다. 한 번 구경하는데 걸리는 시간이 40분이라는 말을 듣기가 무섭게 바로 어둠이 밀려오기 시작했다. 아직도 가야 할 길이 6킬로미터 남았다. 가자, 넘자, 그리고 그곳엔 순식간에 나를 집에 데려다 줄 자동차와 따끈한 욕조가 기다리고 있다. 그 생각에 마지막 힘을 내며 산언덕을 올랐다.

발아래에는 새로운 전용도로가 울진으로 쏜살같이 달려가고 좌
로는 끝없는 바다가 검붉게 물들어가고 있으며 하늘에는 이른 별
하나가 가는 길을 재촉했다. 터벅터벅 걸어가는 끝에 임원항이 달려
있다. 그리고 여기저기 원전을 수용하여 삼척을 발전시키자는 현수
막이 어두워진 도로 가에 펄럭였다. 21조 원이라는 어마어마한 액
수가 더욱 강조되는 글이다. 그날 밤 돌아갈 차편이 끊겨 들어간 싸
구려 모텔에서 일본 대지진의 피해가 더욱 커지고 있으며 이곳이 83
년도에 쓰나미로 피해를 봤던 곳이라는 것을 알았다. 그러거나 말거
나, 피곤과 소주 반주에 취해 나는 새벽이 올 때까지 깊은 수면 속
에서 유영을 하였다.

임원항 - 울진

(2011. 4. 16.~17.)

국도변을 오르며 저 아래 보이는 임원항의 확장 공사가 한창이다. 앞서가는 아들 녀석이 놀란다. 게 한 마리가 도로에 올라와 우리들의 인기척에 부동자세로 서 있다. 계곡 숲을 타고 올라와 아스팔트 위에서 갈피를 못 잡고 갈 방향을 가름하고 있었나 보다. 다가가자 두 앞 집게를 세우며 경계를 한다. 발로 살짝 누른 다음 옆구리를 집어 숲 아래로 던져주었다. 다시 타르 냄새나는 도로에서 생을 마감하지 않겠지.

가는 길에 개나리, 벚꽃 그리고 매화가 바람에 꽃잎을 날린다. 한가한 7번국도를 걸어 내려가자 우측에 '별난구이집'이 별나게 보였다. 청국장과 조기 한 마리 뚝딱 해치우고 길을 나섰다. 아주머니는 우리가 보기 좋다고 응원해준다. 길은 햇볕 따가운 오후로 접어들고 바람은 제법 뜨겁다.

　호산으로 접어들자 온 동네가 중장비로 개벽을 하고 있다. 조용했을 작은 항구에 LNG 대단위 저장 공사가 떠들썩한데 월천 중앙에 남아있는 소나무 숲(솔섬)이 흙더미와 이어져 곧 사라질 것 같이 위태하다. 커다란 관을 옮기는 중장비 트럭이 모래사장과 흙더미 사이를 쉴 사이 없이 움직인다. 비치호텔이 공사판 중앙에 먼지를 뒤집어쓴 채 철거될 날만을 기다리고 있다. 다행히 모래 둔덕으로 인해 다리를 건너지 않고 고포항으로 수월히 넘어갈 수 있었다.

　작은 항구에 조용한 정적만 흐르고 얼굴 주름 온통 검은 노어부가 힘없는 눈망울로 지나는 객을 스친다. 언덕을 오르자 발아래 항구가 더욱 한적하다. 이곳이 강원도와 경상북도의 경계선이다. 작은 산 도로를 넘자 동해 바다가 훤히 조망됐다. 그 위로 군함 한 척이 남향을 하고 있다. 그 때, 한 무더기 자전거 무리가 힘을 쓰며 올라오고 있다. 이어 휴게소였던 집의 개가 조용했던 공간을 깨운다. 이 방인들에게 어서 가라고 소리친다.

부구항에 들어서니 울진 원자력발전소가 웅장하게 돔을 자랑하고 있다. 해돋이 공원에 올라 파도에 흰 물살을 일렁이는 암석과 방파제를 보며, 지금 저 수평선 넘은 나라에서 요동치는 후쿠시마 사건이 이곳에 어느 정도 영향을 미친 것 같았다. 즉, 지난달에 거리에서 본 '원전으로 삼척을 살리자'라는 현수막이 거의 사라진 것으로 보아 저 나라의 사건이 이곳 주장을 더 이상 못하게 하였나보다. 그리고 횟집마다 썰렁하다.

숙소를 알아보던 녀석이 죽변에 가면 찜질방이 있다고 한다. 스마트폰으로 지도와 음식점 및 머물 곳을 검색하여 바로 보여주는데 데리고 오기를 잘했다. 항상 머릿속으로 지도를 그리며 떠나왔던 지난날들이 우매하게 느껴진다.

죽변으로 내려가는 길, 바람이 제법 차가워짐을 느끼며 해가 서서히 서산으로 넘어가고 있다. 시외버스가 서며 할머니 한 분을 내려놓는다. 힘들게 도로를 건너온 할머니의 짐이 두 개다. 하나를 들고 버스가 가는 방향으로 조금 내려가자 그늘 속에 묻혀있는 집 한 채가 작은 언덕 아래에 누워있다.

그런데 허리 굽은 할머니 계속 베지밀 하나 먹고 가라고 성화였는데 갈 길이 멀다고 손사래 친 것이 못내 후회스럽다. 이 한적한 어촌에서, 언제나 사람을 기다리고 있다는 냄새가, 가난하고 점점 늙어가는 할머니의 가느다란 다리로부터 느꼈을 때 갑자기 마음이 짠해졌다.

그날 밤, 부구항보다 만 원 싼 모텔에 짐을 풀고 아들 녀석과 가자미회와 매운탕으로 저녁을 먹었다. 얼마 전에 강화도에서 군 생활을 하고 제대한 녀석의 이야기를 들으며 많이 컸다고 느꼈다. 불확실한 자신의 미래에 대하여 고민하는 모습에서 치열했던 나의 80년대가 생각났다. 아들아! 이 밤, 잘 자거라.

죽변의 아침은 어부들의 어망정리부터 시작된다. 어둠의 한가운데를 뚫고 나가 새벽 여명과 함께 돌아온 배에는 그들의 삶의 전부가 고스란히 들어 있다. 날씨의 변화는 그들의 생과 사를 좌우하며 그들의 부모와 자식들의 삶도 함께 결정한다. 오늘도 찬바람을 안고 그들은 부지런히 바다에 나가고 또 들어온다.

아침햇살을 왼편에 두고 해안도로는 끝도 없이 이어졌다. 길가 작은 새 한 마리 주검이 보였다. 손바닥에 올려놓았는데 아직 온기가 남아있다. 우리나라 어느 곳에서나 만나는 로드 킬(Road kill)은 언제나 안타까우며 부끄럽다. 왜 그들의 통로는 충분히 만들지 않는가? 언제나 차도엔 안전한 인도가 거의 없듯이, 동물들에게도 그런 배려는 사치고 낭비라 전혀 고려치 않았음에 틀림없다.

동물도 사람도 차에 우선순위를 내줘 자연의 법칙을 버린 지 오래다. 그 대가는 지금 이웃나라에서 불어오고 밀려오고 있다. 이 안타까움도 모른 채 아들 녀석은 조류독감이나 전염병 생각에 그 새의 접촉을 냉정히 비판한다. 아마도 지난밤의 알코올 기운의 연장이라고까지 치부한다. 이 문제로 과거 수리산에서 죽어가는 너구리 이야기를 꺼내며 연신 토론을 했다. 바닷물은 조용히 밀려왔다 흰 거품을 내고 밀려가고 바다갈매기는 떠오르는 태양을 향해 하루를 시작한다.

가는 길에 차는 없고 녀석과 떠듦이 마냥 즐겁다. 녀석이 앞으로 생길 여자친구에 대한 바람은 대화에 꼬리를 물어, 깨어있고 향기 있는 현명한 친구 같은 여성을 기대한다고 했다. 그 꿈이 이루어지기를, 또한 그의 학업과 계획 그리고 힘의 논리에 대하여 들었고, 무엇보다도 자유, 자유롭다는 의미에 토론이 길어졌다. 갑자기 대화는 나의 급한 볼일로 중단되었는데, 봉평 해수욕장 끝에 있는 민박집 할머니는 응급 이용을 냉정히 거부했다. 이런 낭패란, 여행을 하면 누구나 느꼈으리라. 우여곡절 끝에 어디선가 그 볼일을 보고 편해지니, 어제 만난 허리 굽은 할머니가 생각났다. 그곳은 사람이 없어 너무 그리워하고, 이곳은 사람이 백사장 모래알처럼 넘치고……

해안도로가 끝나고 길은 작은 야산을 넘어 울진군으로 들어간다. 이번 여정은 여기서 멈췄다. 다시 일상 속으로 가는 인간들의 블랙홀, 서울로 방향을 돌렸다. 그곳에서 진공청소기 속으로 빨려 들어가는 하나의 티끌이 되겠지만.

울진 - 평해

(2011. 6. 18.~19.)

울진버스터미널은 작렬하는 태양 아래 서 있다. 모자 안의 수건을 물에 적시고, 목에 냉각 수건을 두르고, 또한 노출된 온몸에 자외선 크림을 듬뿍 바른 후에 도로로 나섰다. 불영 계곡을 타고 내려온 왕피천을 넘어 엑스포공원을 휘돌아 갔다. 습지와 각종 꽃들이 내를 따라 전개되어 있고 숲은 잘 가꾸어져있다. 어디선가 창이 마른 공기를 타고 들려온다.

산포리로 들어섰다. 해안도로에 백사장이 바로 붙어있는데 푸른 바다가 출렁이는 곳에 홀로 걷고 있다. 긴 바지가 걸려 백사장 위에서 속옷까지 벗어 버리고 반 타이즈로 입으니 시원한 바람에 흘린 땀이 사라진다. 자유, 아니 자유스러움이란 이런 맛일까? 보는 사람도, 위협하는 건물도, 소란스런 소리도, 업무도, 그리고 모든 것들로부터 자유로워진다는 것은 저 끝없는 바다로부터 다가오는 은밀한

충동 같다. 지금 걷고 있는 것이 바로 행복이고 축복처럼 느껴졌다.

저 촛대바위에 서 있는 소나무를 보자 어제 본 뉴스가 생각났다. 일주일 동안 등교하지 않은 학생의 집에 가서 보니, 엄마 아빠 그 학생과 어린 동생 모두가 연탄가스를 피워놓고 유명을 달리했다는 뉴스. 그래야만 했을까? 어린 자녀들마저 데려가는 것이 옳았을까? 생활고가 그들의 아파트에 깊은 어둠의 그림자를 남기고 사라졌다고 한다. 저 작은 소나무는 모진 바람과 파도 속에서도 암벽에 뿌리를 박고 잘 살아가고 있는데…….

헐렁한 오산 항을 지나는 길에 작은 밭에 유모차가 서 있다. 그 주인은 허리 굽어 제대로 서지 못하는 할머니, 땡볕 밭에 고개 한 번 못 든다. 그 옆, 다 쓰러지는 지붕 아래 초점 잃은 눈초리가 느껴졌다. 그 할머니의 아들일까? 한때 그에게 있었을 젊은 날의 찬란했던 용기는 이제 모두 사라져 허망한 눈빛으로 나를 바라보고 있다.

덕산휴게소에 들러 늦은 점심을 라면으로 대신했다. 큰 길을 다시 넘어오는데 자전거 두 대가 온다. 뒤에는 노숙용 물품이 준비되고 밀짚모자를 쓰고 천천히 움직이고 있다. 나와 같은 7번국도 남행이다. 반가운 동료애가 생겼다. 부디, 무사히 여행을 마치기를…….

망양휴게소를 오르자 푸른 바다의 시야가 끝없이 펼쳐졌다. 길가 흐드러지게 핀 노란 금계국 아래로 커다란 바위가 파도에 몸을 맡기고 있다.

길을 닦고 있는 산길을 넘어 사동항으로 들어갔다. 방파제로 완벽히 보호되고 있는 항구에 배 몇 척이 늦은 오후 태양 아래 쉬고 있다. 두 노인이 연신 그물을 정리하는 옆으로 지나가는데 그들의 골 깊은 얼굴이 강하게 눈가로 들어왔다.

다시 해안도로 끝을 넘어 산길을 넘어가자 두 젊은이가 뛰어 올라오고 있다. 목에는 하얀 인식표가 찰랑대는 머리 짧은 군인들이다. 녀석들 얼마나 남았을까?

다른 고개 하나를 넘자 넓은 들이 마주쳤다. 소와 닭들이 한 울타리 안에서 저녁을 먹는 모습이 평화롭다. 기성면 논의 잡초라도 뽑았는지 두 노부부가 귀가를 서두른다. 그 옆에는 보리가 누렇게 익어가고 있다.

다음 날, 운전 중 계속 하품하는 운전기사의 피곤한 모습을 뒤로하고 나는 다시 아침 논으로 들어갔다. 이른 시간 논을 돌보고 돌아가는 노인의 모습에서 생기가 돈다. 나도 싱그러운 아침을 만끽하며 울진공항 언덕을 넘어갔다.

파도와 배낭과 나. 바다에 발을 담그니 아직 물이 차다. 조용한 모래사장에 앉아 지나온 해안을 본다. 오늘도 많이도 왔네. 이른 아침 바닷가에 세 명이 앉아 있다. 삼촌과 어린 조카 둘이 마냥 바다를 보고 있다. 입이 절로 벌어지도록 행복해 보였다. 그때 아이들의 아빠가 아침을 먹으라고 부른다. 아이들은 까르르 웃는다. 바다도 웃고 나도 웃었다.

구산항을 지나 평해 황씨 종택에 들렀다. 소나무가 절개 있게 서 있다. 평해 넓은 들을 가로질러 둑길로 접어드니 푸른 들이 실개천과 조화롭다. 둑을 내려와 논으로 접어드는 나의 점프에 놀란 백로가 날아갔다. 내가 버스에 올라타 영덕으로 가는 길에 백로 녀석들이 인간들 모양 회의를 하는 듯 보였다. 물론, 돌아가는 길에 태양은 더욱 포효를 하고……

평해 - 영덕

(2011. 9. 3.~4.)

안동 하면 떠오르는 것은 전통의 한옥 하회마을과 자반고등어, 그리고 낙동강일 것이다. 주왕산을 차로 두 번 지나간 적이 있지만 도시를 관통하여 영덕으로 가는 길은 이번이 처음이다.

구름 점점 가을 햇살의 강은 파헤쳐 있고 여기저기 공사 차량들로 분주하다. 강심이 넓어져 강가 방파제가 반듯하게 경사를 이루며 정리되고 있다. 참으로 아쉬운 기분이 든다. 태백 삼수령부터 내려온 낙동강 물이 제법 폭을 넓힌 곳이 이곳 안동인데, 정부의 치수 계획으로 난리가 났다. 흐름 물줄기를 반듯하게 하여 홍수를 막고 용수의 공급과 관광, 그리고 경제적 목적이 있다고 하는데 과연 그럴까 의심스럽다. 자연적인 물길의 흐름을 막아 이득을 본 사례는 별로 없다.

작금 독일에서는 예전에 강변에 만들어 놓았던 벽을 허물고 자연스런 강의 흐름에 경사를 만들어 멸종되었던 동식물들을 복원시키고 있다는데, 우리는 한 사람의 결정과 명령으로 허울 좋은 운하를 꿈꾸고 있는 것 같다.

아름답게 백사장을 만들며 휘돌아갔던 실개천은 사라지고, 절도 있게 변화하고 있는 강줄기따라 대대손손 내려왔을 논과 밭이 돈 많고 정보를 독식하는 힘 있는 사람들의 손으로 대부분 넘어갔다고 하니 이 얼마나 허구의 공사인가? 급속히 진행되는 시멘트의 성질로 자연스런 흐름의 역학을 정리하겠다는 발상이 참으로 한심하며 통탄할 일이다.

또한, 많은 국민의 혈세로 농어민들의 팍팍한 삶을 개선하거나 젊은이들의 취업에 더 적극적이지 않고 청계천 공법으로 4대강도 어찌 해보려는 저의가 더욱 의심스럽다. 또한 내년에도 지천에 대한 공사를 계속 진행한다고 하니 홍수 피해를 막고 환경을 개선하는 사업이 아니라 바로 자연환경을 죽이고 그곳에 서식하는 동식물은 물론 언젠가는 우리 인간들에게 그 피해는 고스란히 올 것이다. 지

금, 저 낙동강이 흐름을 멈춘 채 울고 있는 것 같다.

버스는 진보면을 지나 황장재를 넘어간

다. 태백 매봉부터 시작된 낙동 정맥이 이곳을 또 하나의 고개로 하는데, 오십천을 따라 내려가며 오곡백과가 줄줄이 익어가고 있다. 탐스럽게 달려있는 사과들이 씁쓸한 안동 낙동강 쓴맛을 바꿔 놓았다.

영덕은 비구름에 잠겨 있다. 일본 태풍의 영향으로 화장실에서 반바지로 바꿔 입고 나오자 소나기가 한차례 지나갔다. 평해행 버스에서는 각 마을 사람들이 순박하게 앉아있다. 한쪽에선 노란 머리의 백인 청년이 파도치는 동해를 바라보며 사색에 젖어있다.

평해의 논 들판이 바람에 출렁인다. 전에 내가 회방을 놓았던 백로들은 어디로 가고 바람만이 허공을 맴돈다. 논길을 가로질러 강둑길에 올라 붉은 가로수 사이로 걷는데 그 향기에 취해 마치 구름 위를 산책하는 것 같았다.

길은 직산리로 넘어갔다. 작은 항구는 파도에 묶여있고 연신 방파제를 지나 파도가 넘어왔다. 어촌 사람들 하나 보이지 않고 하얀 바다 거품만이 온 세상을 차지하고 있다. 해안가 피데기를 만드는 오징어 건조대에는 바람이 하염없이 지나다닌다.

하늘 위에는 북동쪽 방향에서 하늘을 가리며 구름이 연달아 몰려오고 있다. 해안 도로를 따라 걸으며 정신 바짝 차려야 한다는 생각이 들었다. 거친 파도 소리와 바람에 역주행하는 기러기들과 방파제를 넘어오는 물벼락을 피해 이리저리 움직이려는데 하도 정신이 없다. 간혹 높은 곳에서 보는 끝없는 해안선은 흰 속살을 보여주는 포말로 눈부시다.

후포항은 제법 크다. 이곳에서는 어부들이 그물을 손질하며 기상이 좋아지기를 기다리고 있다. 커다란 오징어 배들이 두 척씩 묶여 줄지어 정박해 있었고, 작은 항구와 달리 제법 활기에 차 있다. 그 항구를 나오면 길은 곧은 해안을 이룬다. 좌측에는 우렁찬 소리에 묻힌 해수욕장과 우측에는 낮은 산들이 줄지어 서 있고, 여기부터 서서히 발길은 7번국도를 따라 계속 흘렀다.

영덕심층수온천모텔에서는 식사가 안 된다고 하기에 길을 따라 고래불해수욕장으로 발길을 돌렸다. 해안가 멋진 펜션에 주차한 차들이 만원이다. 그 옆 비치모텔에 요금을 깎아 여장을 풀고 어두워진 작은 식당에서 도다리 물회에 반주를 청했다. 어두워진 밤바다의 파도 소리는 여전히 소란스럽다.

우사인 볼트의 200미터 결승을 보다가 파도 소리에 몸이 녹아들었고 파도 소리에 다시 잠이 깨었다. 하늘은 구름으로 가려져 있어서 여명을 기대하기엔 부족함이 많을 것 같아 배낭을 둘러매고 모텔을 나왔다.

송천천 다리 위에서 바람에 쓰러지는 갈대밭을 지나 대진항으로 넘어갔다. 대진3리를 지나도록 파도는 더욱 거칠어져 갔다. 방파제를 넘어오는 파도를 피해 달리며 아무도 없는 해안도로를 따라 내려갔다.

언덕을 넘어 축산항으로 들어서고 이어 죽도산 등대전망대로 가는 나무 계단을 올랐다. 거친 바람에 카메라가 흔들린다. 저 아래 예쁜 항구가 파도로부터 안전하게 보호되고 있다. 마치 둥지 안에 몸을 웅크린 새끼 병아리처럼 작은 배 몸통들이 살랑살랑 움직인다. 그 옆으로 구름다리가 영덕블루로드를 따라 해안 숲으로 이어졌다. 아무도 없는 등대 엘리베이터를 타고 5층에 올라 조용한 공간을 한 바퀴 돌았다. 이어지는 해안선따라 가랑비는 내리고 파도는 여전히 바위를 넘으며 하얀 거품의 춤을 춘다. 항구는 방파제로 배들을 보호하는 어미 닭 같이 흔들림이 없다.

영덕블루로드를 참으로 칭찬하고 싶다. 걷는 사람들에게 모든 것을 보여주려 애쓴 흔적이 보인다. 올레길, 둘레길, 그리고 블루로드를 걷는 사람들은 행복할 것이다. 산본에서 홍천 인제를 지나 설악산 진부령을 넘고 다시, 통일전망대 입구에서 7번국도를 따라 이곳 영덕까지 걸어 왔지만 처음으로 걷는 대접을 맛보았다.

안전망 전혀 없는 도로를 무작정 걷는 것도 바보스럽지만 조금 더 인간의 편에 서서 도로를 만들어 주면 안 되는 것일까? 온 나라가 속도 전쟁에 자동차 위주여서 가끔 이런 보이지 않는 편의 시설과 도보 여행자에게 좀 더 다가오는 서비스는 이곳 지면에서 고마움을 표하고 싶다. 영덕 시민들은 좋겠다. 도로 옆 노물마을 슈퍼 할머니도 여행자에게 안내를 자청하신다. 건강하시고 오래 사시길 빌며 영덕해맞이공원으로 발길을 돌렸다.

해안은 여전히 바람과 구름과 파도로 포효를 하고 있다. 공원전망대에서 사발면으로 허기를 채우며 창포마을로 들어섰다. 버스를 기다리며 골목을 잠시 들어갔다. 60년대식 슬레이트 지붕에 다 넘어지는 담장들이 파도 소리에 숨을 죽이고 납작 엎드려 있다. 머리에 붉은 고추를 한 무더기 이고 또 한 손엔 짐을 들고 내려가는 저 아주머니의 억척스러움에 돌아가신 어머니가 생각났다. 골 패인 꼬부라진 골목길이 마치 주름진 어머니 얼굴 같다. 돌계단에 걸터앉아 버스를 기다리며 아직도 방파제를 넘어오는 파도가 얄밉다.

이번 일본의 탈라스 태풍으로 70여 명이 사망·실종되었다 하니 또다시 일본이 단단히 탈이 났다. 우리 강릉 앞바다에서도 높은 파도로 모래사장에 앉아있던 2명이 유명을 달리했다고 한다. 저 멀리 버스가 언덕을 내려오고 있다.

영덕 – 포항

(2011. 11. 26.~27.)

예전 같지 않은 어촌 생활과 자신의 연륜만큼 역으로 줄어든 수입으론 살기 어렵다고, 27년 동안 운전대를 잡은 기사님의 푸념이 창포 마을에서 끝났다. 지난번과 다르게 바다는 푸른색으로 조용하다. 잠시 묵직한 기분을 털어버리고 시선을 수평선 끝으로 돌렸다. 그러자 내 마음은 다시 들뜨기 시작한다. 오징어 피데기와 꽁치 과메기를 해안가 건조대에 올리는 손길들이 부산하다. 걸음에 차츰 힘이 실리고 시선은 작은 항구를 지날 때마다 반갑고 정감으로 넘친다.

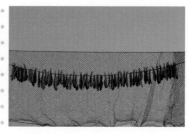

하저를 지나고 강구항으로 방향을 서는데 여기저기 횟집에서는 지나는 차량을 향해 극진한 인사와 손짓으로 손님 끌기에 여념이 없다. 배낭을 멘 나에게는 눈길조차 주지도 않으니 저들 눈에는 나 그네가 별 도움이 되지 않겠지.

그렇다. 동해안 통일전망대부터 여기 영덕까지 온통 횟집만 존재한다. 피서철과 주말을 제외하고 지나는 집집마다 수조에는 빈 공기만 헐렁하다. 온 동해안이 횟집으로 도배를 하고 있으니 참으로 비생산적인 경쟁 구도이다. 도시와 뭍에서 바다를 구경 온 사람들에게 운치 있는 전망대에서 먹는 맛있는 회는 추억의 기록이겠지만 너무 넘치는 것이 횟집들이다. 수 시간이면 전국 어디나 도달하는 교통편이기에 이젠 사고의 전환이 있어야 하지 않을까 싶다.

작은 횟집의 수조가 먼지에 휩싸이고 커다란 간판이 손보지 않아 바람에 덜렁거린다. 추적추적 걸어가는 한 할머니의 늘어진 소매 끝에 쭉정이 배추가 따라가고 있다.

50,000원에 홍게 10마리를 먹을 수는 없어서 걸어가는 나에게 젊은 호객꾼이 점심을 먹고 가란다. 이참에 곰치국을 원한다고 하니 삼거리 오른편 식당을 소개해줬다. 주문하고 화장실에 갔다 온 사이 메뉴표를 보니 15,000원이란다. 얼른 12,000원 하는 물회로 수정하였으나 이미 끓이고 있다 한다.

맥주잔에 먹다 남은 팩 소주를 부어 목을 축이는 중에 국이 나왔다. 헐, 작은 국그릇에 달랑 공깃밥이 전부다. 심지어 곰치국에는 뼈 몇 조각만 있었다. 참으로 주문진에서 먹어본 곰치국은 황제국이었음이 후회를 하여도 소용없다. 먹다 나가는 나에게 주인아주머니는 곰치가 귀해서 비싸단다. 미리 이야기나 해 주지. 입맛이 썼다.

날이 어둑해질 즈음 장사에 도착하였다. 민박 값을 지불하고 마을 파출소 앞 금성식당에서 된장국을 시켰다. 와, 이렇게 맛날 수가 있나. 조기 한 마리 곁들여 올라온 6,000원짜리 식사가 금방 곰치국의 허기짐을 몰아냈다.

그러나 행불행은 언제나 반복되는가 보다. 민박집은 웃풍 때문에 등산복을 입고 자는데 옆방에서 들려오는 코고는 소리와 TV 소음, 그리고 칙칙한 냄새로 머리가 아파 새벽 1시에 잠이 깼다. 그놈 모기 한 마리 잡고 나서 장판을 보니 사람들의 털이 여기저기 떨어져 있어 곰팡내 나는 일회용 수용소 같다. 창문을 열고 바닥을 쓸고 한쪽 구석에서 날이 속히 밝아오기를 기다렸다. 지금까지 별 문제 없었는데 앞으로 숙소는 잘 선택해야 할 것 같다.

새벽 일찍 민박을 나와 장사해수욕장으로 들어갔다. 여명도 없는 백사장을 걷는 사람이 있으니 그이도 잠을 제대로 못 이루었나보다. 화진리를 돌아 언덕을 오르는데 철조망이 앞을 가렸다. 우회하여 공사 언덕을 기어오르니 다듬어 놓은 평지가 또 앞을 가린다. 조금 더 앞으로 진행하니 철문이 도로 방향을 막고 있다. 난감하게 구멍을 내어 통과하니 군부대가 들어설 공간을 지나온 것이다. 가끔 붉은 명찰의 군인이 보이는 것으로 봐서 포항 영역으로 들어온 것 같다.

아들 녀석이 생각났다. 그 여름을 이곳에서 보내고 강화에서 제대를 한 지가 일 년이 훨씬 넘고 있다. 녀석과 함께 이곳에 다시 와 훈련부대를 지나가며 그 옛날 자신이 겪었던 이야기를 하는 날이 있을까.

길은 아스팔트 늙어가는 옛 7번국도, 조용하며 나만의 공간이다. 월포해수욕장은 방금 청소도구를 들고 지나가는 할머니들의 손길로 깨끗하다. 개방된 화장실은 깔끔히 청소 되어 철이 아님에도 찾는 이들에게 언제나 이용을 허락한다.

한 가족이 파도에 들락거린다. 커다란 딸이 아빠를 쫓으며 씩씩거린다. 바다는 하얀 거품을 백사장에 뿌려놓고 물러간다. 그 위로 살찐 갈매기들이 소리치며 날고 내 걸음은 다시 무겁게 이어졌다.

오도리를 지나고 칠포해수욕장을 넘어서자 커다란 공장 지대가 나왔다. 드디어 포항에 입성하는 순간이다. 곧은 언덕 아래로 영일만 신항 북방파제가 위용을 보이고 있다. 북으로 눈길을 돌리면 아스라이 보이는 해안선따라 곡선은 이어지고 이 순간부터 그 선은 방향을 틀어 마치 공룡 같은 두 대의 기중기를 지나 부산으로 달려간다.

영일만 넘어 한반도의 호랑이 꼬리가 연무에 아른거렸다. 거대한 화물선들이 줄을 서서 포항항으로 진입하고 있다. 나는 영일만 입구 바닷물에 손을 담그며 백두대간 허리등뼈를 타고 내려온 해안선을 한참동안 바라봤다.

길을 서두르면 잃기 십상이다. 돌아갈 버스 시간 때문에 해안도로를 찾지 못하고 바로 차들로 만원인 국도를 따라 포항 중심을 향하여 부지런히 움직였다. 대항하는 차들의 매연과 먼지를 뒤집어쓰며 마스크 위에 손을 가렸다. 양덕 버스차고지에서 발을 멈추니 시간은 오후 3시를 가리키고 있었다.

포항(양덕 버스차고지) — 구룡포

(2012. 2. 18.~19.)

택시는 오전 11시 반 넘어 양덕 버스차고지 앞에서 내려 주었다. 영하 6도의 차가운 바람이 얼굴을 때린다. '출장' 잘 하라는 기사님의 미소가 금방 멀어졌다. 박태준, 김영삼, 박근혜 인과관계를 들으며 40여 년 포항에 젊음을 보냈다는 초로의 기사님의 주름이 영일만 햇빛에 증발한다. 아, 또 나 혼자구나. 저 건너, 아스라이 계획했던 가야 할 오늘 길이다. 영일만이 너무 넓다는 생각에 후회가 밀려온다. 그러나 갈매기가 날고 가끔 마라토너도 보여 자신감이 생겼다. 가자. 그래. 걷기위해 이곳에 오지 않았는가?

앞 바다에 포항제철(포스코)이 연기를 길게 영일만 입구로 날리고 있다.

찬바람을 맞으며 어디쯤 가자 아침밥도 없이 걸어 온 여파로 갑자기 허기가 밀려왔다. 도로를 건너 해장국집으로 직행했다. 언제나 반주는 기분을 늦춰준다. 계산대 앞 25년 전 사진은 이젠 장성했을 두 어린 자식과 포항제철을 이야기하고 있다.

주린 배를 채우니 길이 제법 수월하다. 구름다리를 지나고 앞에 오는 사람에게 길을 물었다.

"혹시, 호미곶으로 가는 길이 저 다리인가요?" "저, 일본인인데요." "아, 죄송합니다. 잘 가세요." 서로 머리를 조아리며 웃었다.

길은 포항제철로 접어들었다. 젊은 아이들, 연인들은 찬바람 속에 방파제를 드나든다. 우리나라의 기관실이 연신 허연 연기를 품고 있다. 제1문, 제2문, 제3문 지나 우측에 현대제철이 또 다른 공룡의 모습으로 갈 길을 무디게 했다. 지겨운 차량, 매연, 똑같은 길에 몸도 서서히 늘어졌다.

가는 길 중간, 해병대 1사단 훈련소의 붉은 글씨가 익숙한 모습으로 보였다. 제대한 아들 녀석이 들어갔던 언덕이 위병초소로 변했다. 길은 우회전하여 긴 고가도로를 넘는다. 직진하면 바로 구룡포로 가는 길, 나는 좌측 길을 택했다.

온천 주차장을 지나자 외길이 나왔다. 적어진 차량이 그나마 기침을 줄여주었다. 해는 서서히 내려가고, 몇 시간 전에 사온 캔 맥주가 꿀맛이다. 포항제철 해지는 모습을 하염없이 보느라, 바로 뒤에 노부부 차량이 와 석양을 같이 구경하고 있었다는 것을 몰랐다. 지는 해 반대로 걸어가는 내 모습에 그들 눈이 동그래졌다. 아직 갈 길이 멀다. 해는 곧 지고 차들은 불을 밝힌다.

다리는 무거워지고 마음도 초조해졌다. 7시간 넘게 걷고 있다. 아무도 없는 산길 도로를 넘는다. 가끔 오는 차량이 내 랜턴 불빛을 보고 놀라 전조등을 상향으로 바꾼다. 그리고 바로 옆에 와서는 손살같이 줄행랑친다. 내가 도움을 청하지도 않았는데 말이다.

언덕을 내려와 허기지고 너무 어두워 길가 음식점에 민박을 청했다. 생선을 굽던 아주머니가 단연코 거부한다. 길은 가로등 하나 없

는 해안길에서 방향감각마저 무뎌졌다. 단지, 저 멀리 2층집이 보였다. 가는 길에 좌측 검은 지평선 끝으로 보이는 포항제철의 환한 불빛이 그나마 위안이었다.

드디어, 횟집에 도착했다. 부지런히 횟감을 손질하던 주인아저씨의 제안이 반갑다. 식사를 하면 호미곶까지 차로 데려다 준단다. 얼씨구나, '떡 본 김에 제사 지낸다(因利乘便)'고, 일금 일만오천 원 도다리 물회에 맥주 한 병을 시켰다. 허기진 배로 잘도 넘어갔다.

'꺼억' 트림을 하는데 손님들이 밀려든다. 이 한밤에 예약 손님들이 들어왔다. 주인아저씨의 단골들인가 보다. 드디어 과메기 한 점 달라고 애원했던 바람은 "얼마 전에도 어느 분이 밤에 와서 주인 양반이 호미곶까지 데려다 주었지요." 주인아주머니의 부담스런 한 마디에 겨울밤 찬바람 속으로 나오고 말았다.

허기적 허기적 캄캄한 해안 도로를 걷는 기분이란 버려진 조약돌 신세와 다름없었다. 혼자만의 발걸음 소리와 손전등 그리고 영일만의 찬바람이 전부였다. 아니면, 내 술 기운의 호기와 하늘의 초롱초롱한 별빛이 유일한 버팀목인지 몰랐다.

추적추적 걷는 발걸음에 나는 구령을 붙였다. 하나, 둘, 하나, 둘, 셋, 넷. 제법 군대 기분을 내었다. 언덕을 넘자 저 멀리 호미곶의 낮은 불빛들이 보였다. 어둠속의 바람과 마음이 차츰 가라앉을 즈음 허름한 슈퍼에 들렀다. 6천 원에 캔 두 개와 포를 계산하는데 할아버지가 말씀하셨다. "옛날에는 길도 없었어!" 그 한 마디가 하잘 것 없는 우려를 불식시켜주었다. 덕분에 소개시켜주신 싼 모텔에서 웃풍 때문에 옷을 입고 자긴 했지만……

다음 날, 호미곶의 일출을 보기위해 차량들이 몰려들었다. 검은 그늘 바다 속에 있는 오른손 조형은 찬바람에 하염없이 태양을 기다린다. 뭍에서는 왼손 조형이 오른손을 마주보며 '상생'을 그린다. 절묘한 조각의 상징이다. 그 사이에서 일출을 기다림은 어느 정도 추위를 잊게 했다. 저 동해의 솟아나는 붉은 기운은 45억 살의 지구를 지켜주었고 지금 이 자리에 모인 어린아이들과 가족, 연인, 그리고 나까지 살아있게 만들어주었다. 그리고 그 뜨거운 기운은 가야 할 길에 힘을 실어줬다. 태양의 얼굴이 구름 위로 솟자 순식간에 흩

어지는 인파들 틈에서 옷을 단단히 조여 맸다. 그리고 바람을 맞으며 아침 해안을 따라 다시 걷기 시작했다.

전날 구보로 무리했던 고관절이 비명을 지른다. 길가 버스정거장 나무의자에 앉아 버스를 탈까 하는 유혹이 생겼다. 발목이 시큰거리기에 한참 주물렀다. 15킬로미터 남았는데, 해안도로를 벗어나 언덕 위로 반듯이 포장된 전용도로를 걷기 시작했다. 이른 휴일 아침인지 뜸한 차량은 터벅터벅 걷는 발걸음에 위협을 덜어 주었다. 반짝이는 바다 물결은 다른 아름다움으로 출렁거렸다. 그런데 머릿속은 명징하나 다리는 무겁다.

다시 일반국도로 내려와 길가 표지석이 눈에 띈다. '동해의 끝마을'이란다. 저 끝에서 한 사람이 찬바람을 온통 안고 달려오고 있다. 아마도 버스를 타려는가 보다. 이제부턴 '동해'가 아니라 '남해'로 넘어가는지 이곳 이정표가 반도의 선을 정해주고 있다. 하지만 나는 급한 볼일이 우선이라 포항제철 연수원으로 달려 들어가 화장실을 찾았다. 볼일을 보니 다리에 다시 힘이 붙는다.

널려있는 과메기 판매점을 지나다가 공장 문을 나서는 한 아주머니를 만났다. 그리고 택배비 합쳐 3만2천 원에 40마리를 계산했으니 집사람에게 공치사는 한 셈이다.

드디어, 삼정을 지나고 구룡포항이 보이자 걸음에 더욱 힘이 솟는다. 대게의 명성을 영덕에게 넘겨주고 지금은 과메기 장사로 사

람들이 붐빈다. 여기서도 주문한 물회는 여행의 피곤함을 덜어주기
엔 충분했다. 얼마 후, 200번 버스는 포항으로 달려가고 나는 그 안
에서 졸았다. 그리고 바다를 안은 구룡포항이 찬바람 속에서 맑게
빛나고 있었다.

구룡포 — 울산 하서

(2012. 3. 17.~18.)

구룡포 행 200번 버스는 여전히 곰팡내와 김치 냄새가 났다. 흐린 언덕을 내려가자 비릿한 바다 향기가 졸음을 앗아갔다. 갈매기들은 부지런히 방파제와 어선들을 넘나들고 주말을 맞아 대게 가게들은 문 앞에서 "어서 오이소."를 연방 외친다.

정박한 어선을 따라 걷는데 50cc 스쿠터가 매연을 뿌리며 지나간다. 하의가 실종한 다방 아가씨가 핸드폰으로 누구를 찾는다. "해동호 어딨어?" "어디? 응!" 쌩 달려간다. 지금 그 어선에선 젊은 총각 어부가 날씨를 핑계로 커피를 시켰나 보다. 아가씨의 목소리에서 어딘지 교태감이 묻어났다. 그렇게 어지럽게 갈매기가 나는 구룡포를 뒤로 하고 언덕을 넘어 31번국도를 따라 남으로 내려갔다.

울산이 가까워지자 길엔 차량들이 붐비고 온갖 쓰레기들이 곳곳에 널브러져 있다. 숲을 향해 내던져진 TV 브라운관과 냉장고는 물론 비닐봉지에 가득 찬 쓰레기와 오물이 가는 길 내내 넘쳐났다. 그것보다 더 심각한 것은 ○○수산이라는 간판을 단 여러 양식장에서 나온 검고 더러운 물이 곧바로 바다에 흘러들고 있었다. 그 물에는 각종 항생제와 항히스타민제가 가득할 것이고, 그 물을 먹은 어패류가 곧 우리의 밥상에 오를 것을 생각하니 점점 우울해진다.

그 많은 횟집들은 모두 장사가 잘 되는 것도 아닌데 간판들은 너무 크고 흉물스럽기까지 했다. 저 언덕 위에 있는 소나무 아래 맑은 동해 바다와 갈매기들의 휴식 근처에도 다가가기엔 백사장에 쓰레기들이 너무 많다.

7번국도를 타고 내려오다 보면 어느 지역 할머니들이 쓰레기를 줍던데 이 지역에서도 그들에게 작은 일을 시켜주면 어떨까 하는 부질없는 생각도 해봤다. 가는 내내 이번 여정은 날씨와 더불어 스산하기까지 했다. 점점 폐가가 늘어가고 눈을 마주친 노인들은 하나같이 힘없고 병든 노인들뿐이다.

구포휴게소에 장갑을 두고 온 것을 찬바람 때문에 깨닫게 되었을 때, 돌아가기에 너무 멀리 왔다는 것을 알았다. 그리하여 구멍가게에 들어가 흰 장갑을 하나 샀다. 단돈 300원. 한쪽 구석에서 어느 아저씨 한 분이 술잔을 비우고 있었다. 술병이 뒹굴고 있고 그는 많이도 취해 보였다. 거친 손등과 주름진 얼굴에 한 어부의 고달픔이 묻어났다.

양포항 폐선 앞에서 훤한 바다를 보며 생각에 잠긴다. 바람이 조금 잔잔해진 항구에 정박된 어선들 위에 갈매기들도 쉬고 있다. 신발에 들어간 모래를 털고 다시 길을 재촉하는데 뿌연 하늘은 여전히 내 뒤를 우주충하게 따라왔다.

　그때, 갑자기 내 옆을 순식간에 지나가는 승용차가 있었다. 뒤에서 오는 승합차를 추월하는 그 차가 중앙선을 넘어 바로 간발의 차이로 내 우측을 지나갔다. 인도가 전혀 없는 일차선 도로를 무작정 걷고 있기에 뒤에서 이런 돌발 상황의 발생을 예측할 수 없었다. 뒤에는 눈이 없기에 명이 길음을 감사했다. 휴!

감포항은 어둠에 묻혀있다. 배들은 조용히 묶여있고 선술집 안에서선 왁자한 소리가 흘러나왔다. 그 옆 70년대 종로 다방이 옮겨온 듯 안에서는 연신 담배연기와 잔잔한 음악이 흘러나왔다.

이방인이 들어가기엔 어울리지 않을 것 같아서 빛이 찬란한 횟집들이 운집한 곳으로 옮겨갔다. 이곳에는 타지에서 가족, 연인, 그리고 친구와 놀러온 사람들뿐이다. 그런데 불빛 환한 여기에 모인 사람들은 정상적으로 보이고 저 어둠에 가려 침침한 곳은 왜 비정상으로 보이는 것일까? 바닷속 죽음과의 사투를 벌이고 방금 다시 살아 돌아와 목 놓아 부르짖으며 잔을 비우고 있는 저 거친 어부들은 왜 이 환한 곳으로 못 넘어오는 것일까? 또 그들은 왜 이곳의 사람들처럼 부드럽고 예의 바르며 애교 있게 애인, 친구, 부인, 그리고 아이들에게 접근하지 못하는 것일까? 나만의 비약일까?

아침이 되면 나를 포함해 여기에 있었던 모든 사람들은 돈 몇 푼과 방값을 지불하고 휑하니 어디론가 뿔뿔이 흩어지겠지만, 어부들은 새벽이 되면 다시 바다로 나가 높은 파도와 찬바람 속에서 쓰린 배를 바닷물로 씻어 내릴 것이다. 풍요의 바다는 이곳 사람들의 것인데 어찌하여 도시 사람들의 몫이 더 클까? 저 건너 어둠의 술집도 조용해지고 파도도 숨죽인 밤은 깊어만 갔다.

감포항의 이른 아침은 여전히 흐릿한데 길가에 강아지 한 마리 커다란 뼈를 갉아먹고 있고, 한쪽 횟집에서는 이른 해장을 하는지 젊은 여자 3명이 아침을 먹고 있다. 시장기가 있지만 부지런히 가야 목적지까지 접근할 수 있기에 다리를 저는 아저씨의 반대편에서 호텔 앞을 넘어갔다. 고관절의 피로감은 오늘도 발생되었다.

새로 공터만 정비된 감포 관광단지를 지나 경주로 넘어가는 삼거리를 지나갔다. 저 우측에 감은사지 삼층석탑 부지가 높은 칸막이로 덮여있다. 언제가 다시 그 온전한 모습을 볼 수 있을까? 마치 호위무사처럼 사선으로 떨어지는 빗속에서도 흔들림 없이 서 있던 그 모습이 지금도 눈에 선하다.

드디어 대왕암(大王岩)에 도착하였다. 삼국통일을 완수한 문무왕(文武王)은 통일 후 불안정안 국가의 안위를 위해 죽어서도 국가를 지킬 뜻을 가졌다고. 그리하여 지의법사(智義法師)에게 유언으로, 자신의 시신(屍身)을 불식(佛式)에 따라 고문(庫門) 밖에서 화장하여 유골을 동해에 묻어, 용이 되어 국가를 평안하게 지키도록(護國大龍) 하겠다고 하였단다. 이에 따름에, 사람들은 왕의 유언을 믿어 그 대석을 대왕암이라고 불렀다고 한다.

그런데 지금, 그 앞에는 하얗고 네모난 간이 텐트가 만들어져 있고 그 안에는 무속인들이 대왕암을 향하여 기도를 하며 절을 하고 있다. 대왕의 신명을 조금이라도 얻기 위해 모이는 것은 좋으나 들어보면 꽹과리 소리가 너무 요란하며 또한 바다를 향하는 길을 막아버려 관광하는 사람들에게 별로 좋아 보이지 않았다.

길은 다시 월성원자력발전소를 크게 돌며 북으로 올라갔다. 휴일이라 차들의 행렬은 계속 이어졌고 속도는 천차만별이다.

몇 굽이를 돌며 오르고 내림을 계속하였다. 강아지 한 마리 사체가 풀숲에 누워있다. 그 옆에는 먹다 만 돼지머리가 뼈만 앙상하다. 갑자기 작년 동일본 대지진 당시 어느 방송에 나왔던 화면이 생각났다. 40여 미터의 쓰나미가 몰려오자 방파제 위를 이리저리 뛰는 강아지 한 마리 화면이었다. 그 강아지의 결과는 어찌되었을까?

또한 며칠 전 뉴스 추적에 보도된 사연도 눈물겹다. 후쿠시마 원전 사고 몇 개월 후에 집에 돌아간 주인은 강아지 사료를 듬뿍 퍼놓았지만 그릇을 외면한 개는 주인 곁을 떠나지 않았다. 얼마 후 주인이 시동을 걸자 개는 앞장서서 도로를 나서고 주인이 돌아가라고 명령하여도 그 개는 계속 따라오고, 드디어 자동차에 속도를 높이자 차츰 멀어지던 그 개의 생사가 궁금하다.

이 주검이 된 개도 그런 개들과 다를 바 없이 인간에게 버림받았을 것이란 생각이 든다. 조그만 항구에 앉아 방금 넘어온 월성발전소를 바라보며 원자력을 과연 어떻게 사용하는 것이 우리들에게 유용한 것인지를 골몰히 생각해 보았다.

어제부터 오늘 낮까지 우울했던 마음은 읍천 마을에서 환하게 개었다. 담벼락에 그려진 그림들이 웃음을 자아내게 하다가도 어느 그림 앞에서는 숙연해지기도 했다. 온 마을 담장과 벽이 화판이고 각종 그림들로 꾸며져 있다. 마치 통영의 철거 직전의 고지대 판자촌

들이 생각났다. 이곳도 동피랑(동쪽 벼랑) 마을처럼 사람들에게 회자되어 오래도록 유지되기를, 그리고 횟집만 있는 곳이 아니고 그림과 사람과 여유가 어울려져 좀 더 풍요해지기를 빌어본다.

　언덕을 내려오는데 저 넓은 밭을 혼자 일구고 있는 할머니 한 분이 보였다. 바다와 언덕과 밭. 조금 전 읍천 마을에서 본 어머니 벽화가 생각났다. 하서에서 버스를 탈 때까지 그 그림은 얼마간 마음 한 구석에서 벗어나지 않았다.

태화강 - 울산 하서

(2014. 8. 9.)

뒤척이던 순간도 끝났다. 적어도 억지로 잠을 청하려고 두건을 씌우던 행위도 끝났다. 더구나 그토록 매연 냄새로부터 해방되어 속이 시원했다. 최악의 무궁화 열차. 밖에는 비가 내리고 있었다. 태화강역을 나와 어두운 가로등 밑으로 들어갔다.

빗방울은 경사를 이루며 태화강을 넘어 걷는 나를 괴롭혔다. 시커먼 심연의 물줄기는 그 깊이를 숨긴 채 흐르고 있다. 차들은 띄엄띄엄 빗물을 튕기며 길을 달려간다. 새벽 3시를 지나 우산을 들고 빗물을 피해 더듬더듬 걷는 모습이 마치 유령이 바람에 흔들리는 것 같다. 그래도 마음은 안정을 되찾아갔다. 모든 사람의 흔적과 냄새로부터 자유로워지는 순간이다. 제대로 혼자가 되었다.

길은 곧다가 휘어지며 사거리를 만난다. 울산 북구청 사거리에서 우측으로 들어섰다. 언제 효문역을 지났나 싶다. 배달용 이륜차 한 대가 어느 대문을 들어서고 있다. 밤새도록 어느 식당에서 그는 일했으리라. 고단한 몸을 이끌고 이제 편안한 잠자리를 펴겠지. 비는 좀 더 굵어졌다.

25시 편의점에 들어가니 젊은 점원이 작은 창고에서 나온다. 이른 새벽 컵라면에 핫바. 머리에서 떨어진 빗물이 라면 국물 속으로 떨어졌다. 이번에는 판초 우의로 무장을 했다. 좀 더 가다가 버스정류장에서 반바지로 갈아입었다.

무룡산 입구를 지나자 날이 제법 훤해졌다. 터널을 내려온 차들이 역으로 올라가는 내 손전등에 놀라 갑자기 서행을 했다. 어느 녀석은 가까이 오다가 위협하듯 내 앞을 훑고 지나간다. 나는 돌아보며 손전등 빛을 그 녀석 꽁무니에 쏘았다.

무룡터널 안은 비를 피하기에 좋으나 달려오는 차량 굉음으로 귀가 떨어질 듯싶다. 다행인 것은 차들의 수가 적다는 것이다. 그래도 발걸음을 재촉했다. 족히 일 킬로미터가 마음속으로 수백 번을 세어도 좀처럼 끝나지 않았다. 터널을 나오니 바람이 진행을 어렵게 한다. 이웃 나라로 들어간 태풍 '할롱'의 간접적인 영향인가 싶다.

정자항으로 들어가는 입구인 버스정류장에서 캔을 땄다. 길 건너 파란 논을 타고 지나가는 빗줄기가 열 지어 경주하듯 금방 산 위에 도착한다. 바람은 비를 몰아가며 물바다를 이룬다. 도로는 물로 넘치고 갈 길에 우산은 옆을 막아야 했다. 항구에 모든 배들이 정박해 있고 방파제를 넘어 파도가 넘어왔다. 물론 이른 아침이라 사람이 한 명도 없다.

동해 바다다. 해안은 온통 성질을 부리고 갖은 바람과 물을 쏟아붓고 있다. 이미 우산의 살들은 부러졌지만 본래의 목적보다 바람을 더 막아내야 했다. 얼굴을 타고 바다 빗물은 가슴 속으로 비집고 들어왔다. 그나마 바닥의 물이 고인 곳을 서행하는 트럭이 고마울 뿐이다. 손을 들어 경의를 표했다.

편의점에 들러 게맛살 하나를 샀다. 양해를 구하고 포켓용 소주 뚜껑을 열었다. 짜릿한 느낌이 식도를 타고 위벽을 적신다. 한 모금, 두 모금. 문 밖에는 비와 바람만 있을 뿐이다. 빗물이 뚝뚝 떨어지는 몸을 이끌고 다시 저 지옥 속으로 나가기가 싫다. 차츰 얼굴로 올라오는 열기가 느껴졌고, 더 이상 알바 여학생의 난처해 하는 기색을 피할 수 없었다.

다시 도로로 나서 이번에는 호기를 부려본다. 그래, 맞자. 어차피 갈 길이고 피하지 말자. 두 시간만 더 비를 맞지 뭐. 목욕 흠뻑 했다 치고. 고장 난 우산으로 계속 옆을 막았다. 바다는 더욱 포효를 하고 파도는 끝없이 흰 포말을 일으키며 달려왔다. 언덕을 넘고 다시 넘었다. 옆을 스치고 지나가며 물을 부리고 가는 승용차 녀석에게 욕을 해줬다. 저 멀리 2년 전에 왔던 하서 삼거리가 반갑게 눈에 들어왔다.

신발에 물을 잔뜩 들이고 추적추적 양남보건소 앞 정거장으로 들어갔다. 그곳에 하나 둘 할머니들이 모여들기 시작했다. 하나같이 손에 뭔가를 들고 있는 그들은 모두 똑같다. 등이 휘어졌거나 다리를 절거나 아니면 틀니가 없어서 입술로 말하는 할머니는 눈에 병도 안고 있었다. 그저 주저앉고 서 있는 모습들이 바람에 위태롭다.

버스가 도착하자 휘적거리며 오르는 그들의 뒷모습이 빗속에 잠상이 되어 아른거렸다. 울산행 버스는 언제 오려나, 유리창 있는 건물 아래 서서 나는 비를 피하고 있었다. 물론 내 우산의 수명도 거기서 끝났지만.

울산 태화강역 - 해운대역

(2012. 6. 23.)

태화강역에서 기차를 내렸다. 새벽 4시가 다가온다. 불빛이 오고
가는 방향으로 직진만 하며 걸어야 하는데, 오늘 중으로 해운대 도
착은 장담할 수 없다. 캄캄한 어둠속을 만년필 전등으로 앞을 밝히
며 걷기 시작했다. 어느 다리 밑에서 길을 잃었다. 용변을 보고 다시
온 길로 돌아와 고가 도로를 탔다.

어느 정도 지나가자 커다란 다리(동천1교)를 넘어 삼거리에서 좌측
으로 방향을 틀었다. LG하우스를 지나는데 뒤에서 인기척이 났다.
먼저 인사를 하고 진하 방향을 물었다. 운동복 차림의 그 사나이는
흔쾌히 방향을 알려주며 동행을 시작했다.

서서히 여명이 밝아오며 희야강 따라 길은 호젓하다. 아침 물기를
먹은 풀냄새가 흘린 땀을 식혀주며 콧속으로 들어왔다. 물 위에서

는 이른 물고기들이 하얀 물머리를 내밀며 어디선가 들려오는 수탉의 기상 소리에 장단을 맞춘다.

길가 화장실을 지나 강으로 내려간 뒤에 길은 다시 작은 다리를 건너야했다. 48년생이라고 자신의 나이를 먼저 밝힌 그 선생은 먼 길을 가는 나에게 집 근처라면 아침이라도 대접하고 싶다고 했다. 그 강길 마지막 체육시설까지 안내를 한 그는 온산교를 지나 우측으로 강을 따라 내려가면 진하로 연결된다고 알려주었다. 성함도 모르고 이미 아침을 대접 받은 양 마음은 흐뭇하다. 작은 강은 소리 없이 흐르고 물 위를 학은 날고 있다. 맹꽁이 소리가 제법 굵다.

그런데 사평초등학교 앞에서 그만 좌측 길로 접어들었다. 구름 속에 있는 태양이 우측 어깨에 달려 이상하게 여기던 중 철길 밑을 지나 어느 공장 앞에 서 있는 행인에게 길을 물으니 다시 돌아가 삼거리에서 좌측으로 돌아가야 한다고 한다. 아이고, 또 길을 잃고 말았다. 다시 돌아가 저 멀리 보이는 다리를 향하여 걸음을 옮기는데 맥이 탁 풀린다.

강양에서 진하로 넘어가는 다리(명성교) 위에서 바다를 본다. 울산에서 나온 커다란 배들이 남쪽으로 내려가고 새벽 조업을 끝내고 배 한 척이 들어오고 있다. 명선도 바위 곁에는 많은 쓰레기들이 보이고 다리 아래 등대 마도로스 온몸에는 갈매기들의 하얀 배설물로 덮여져 있다.

작은 강가 항구에 정박한 배들은 조용히 아침을 맞고 있다. 다리를 내려가 감자탕 집에서 아침을 먹었다. 젊은 아줌마가 혼자인 길손의 행색이 흥미로운지 맥주 한 병을 가져오며 눈여겨본다.

진하해수욕장을 지나 해맞이 길을 터벅터벅 걷는 좌측에는 넓고 푸른 바다가 너울거리며 손짓을 한다. 해안도로를 따라가면 나사가 나오는데 햇볕에 몸을 쭈그리고 실 멸치를 고르고 있는 고등학생 또래의 남매를 보았다. 지루함과 푸념 섞인 눈빛 속으로 하염없이 작열하는 태양빛은 춤을 추고 조금 떨어진 그들 어머니는 머리를 숙인 채 끝없이 손길을 움직이고 있다. 시멘트 바닥에는 미역이 널려진 상태로 하얀 소금 뱃살을 보이고 있다. 걸어가는 내내 그 남매가 잊히지 않았다.

발바닥은 불이 나고 머리에는 열이 증발하지 못하고 더 강한 열기가 되어 내려왔다. 오전 10시가 넘어가자 눈꺼풀이 무거워지며 자꾸 감겨왔다. 청량리부터 달려오는 동안 한숨 못자 그 피로가 한꺼번에 밀려왔다. 서생에 도착하니 다행히 해수탕이 있어 앞뒤 가릴 여유도 없이 무작정 들어갔다. 짠 해수에 몸을 담그니 온몸이 풀린다. 한숨 잘 자리를 찾았으나 이용실과 손님 옷장이 전부이다. 다시 찬물로 몸을 식힌 후 밖으로 나왔다. 구름 가린 하늘이지만 여전히 지열로 후끈거렸다.

고리 원자력발전소 입구에서 우측으로 돌아 나오는데, 갑자기 길가 가정집에서 발걸음 소리에 몸을 일으킨 진돗개 2마리가 컹컹 거렸다. 뒤따라 어디서 나타났는지 제3의 커다란 수놈이 내게로 달려왔다. 도망가기엔 너무 늦어 정면으로 녀석을 보며 달랬다. 차도를 넘어와 으르렁거리던 녀석이 두 발짝 전에서 짖는다. "자동차 와!" 하니 녀석도 뒤를 돌아보며 건너갔다. 녀석, 말귀는 알아가지고, 헌데 녀석이 제 집 앞에서 계속 노려보며 내가 언덕 너머 멀어질 때까지 계속 감시하고 있다. 이런 경우가 너무 많고, 즉 뒤를 보이면 개들에게 물리기 십상이라 한반도 둘레길 여행 내내 조심스러웠다.

월내를 지나 임랑으로 들어설 즈음 한계가 다시 오기 시작했다. 오후 2시의 태양은 두건의 수분을 다 말려버리고 다리의 힘을 앗아갔으며 눈꺼풀을 천근만근으로 무겁게 만들었다. 도로 옆 절 입구 그늘에 주저앉아 멍한 눈으로 지나가는 차들을 지켜봐야했다.

아직 갈 길이 먼데, 일광에서 산 빵과 음료수를 허겁지겁 먹으며 기장으로 넘어갔다. 차들은 매연을 확확 뿌리며 내 옆을 지나갔다. 많은 도로를 건너 도착한 지옥의 기장대로는 왜 그리 길었는지. 끝날 것 같지 않은 언덕에서는 연신 투덜거렸으며, 도착해야 한다는 정신력과 쉬고 싶다는 체력이 계속 논쟁을 벌였다.

아무 의미도 느껴지지 않을 그 언덕을 기다시피 넘자 내리막이 나타나 갑자기 안도감이 되살아났다. 반가운 마음에 내리막에서 막 속도를 냈는데, 도로의 소음과 먼지 때문에 숨이 막혀왔다.

버스정류장에 서 있는 한 아주머니에게 해운대가 얼마나 남았는지 물었다. 5분이면 간다고 하여 걸어간다고 하니 송정터널이 공사 중이라 위험하여 못 지난다고 한다. 갈등은 여기서 끝났다. 그래, 버스를 타자, 저 터널만 지나면 해운대이니 이 만큼도 족함을 알자고 자신에게 최면을 걸며 아주머니가 타고 있는 버스에 내 몸을 싣고 말았다. 정말로 5분이 지나자 터널을 지난 버스는 해운대역으로 내려가고 있었다.

해운대는 발전하고 있다. 빌딩들이 더 많아졌고 사람 특히, 외국인들의 숫자는 너무 많았다. 백사장에 꽂혀있는 파라솔 아래에는 많은 사람이 채워져 있고, 바다에는 적지 않은 피서객들이 물놀이에 여념이 없었다. 드디어 해운대에 온 실감이 모래사장에서 느껴졌다.

빨리 씻고 구경할 요량으로 모텔을 들어가니 11~13만 원이란다. 주차장 측에서 소개해 준 원룸이란 곳이 뒷골목 어느 할머니의 아들 옆방이란다. 그것도 5만 원은 싸다고 한다. 젠장맞을, 해운대가 모두 단합하였구나. 이럴 때 할 수 있는 방법은 버스를 타고 구청 뒤 로데오 찜질방에서 8천 원에 하루를 보내는 것이다. 안녕! 해운대.

나의
한반도
둘레길

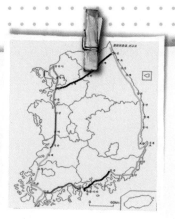

3부.
남도 여행은 끝이 없다

아직도 12킬로미터 남았다는 표지판에 맥이 풀렸다. 순천
만 입구 식당에서 점심을 거른 것을 후회해도 소용없다. 발
바닥과 발목, 그리고 고관절이 통증을 호소했다. 12시간 가
까이 등짐에 허리는 비명을 질렀다. 저 고개만 넘으면 벌교
다. 그곳에 쉼이 있다. 마지막 힘을 쥐어짜고 벚꽃 핀 언덕을
내려갔다. 쩔뚝이며 올라간 조정래 태백문학관은 이미 문이
닫혔고 '소화' 집 벽에 걸려있는 물지게만이 나를 마중했다.

해운대역 ─ 진영역 봉하 마을

(2012. 10. 19.)

새벽 4시 넘은 해운대역, 지난번에 본 종이 상자 속 노숙인은 보이지 않았다. 허기를 돼지국밥으로 달랬다.

해운대 백사장은 각종 쓰레기로 덮여 있다. 어제의 인파들이 흘리고 간 흔적들이 고상한 낭만의 기억들을 쓸고 갔다. 한 구석에서는 두 남녀가 취기를 즐기며 연신 토론에 열중이다. 그 옆에는 술병들이 나뒹굴고 수많은 발자국들이 그들 주위를 맴돌고 있다. 호텔

과 건물에서 쏟아지는 불빛을 등지고 조선호텔을 지나 수영2교를
넘어 광안리로 넘어갔다.

광안대교는 여명을 안고 그 아래 배 한 척 떠 있다. 광안리 일출
은 아름답다. 해운대와 다른 조용한 일출이 붉게 일어났다. 다리 위
로 부지런한 차들이 전조등을 켜고 넘나들고 있다. 드디어 사람들
이 하나둘 모래사장으로 나오고 있다. 자성로를 지나 부산역에 들
어섰다. 수많은 만남과 이별의 부산역 원형시계가 아침 9시를 알려
주고 있다.

남포동 자갈치 시장의 아침은 한산하다. 횟집이 즐비한 곳을 나
와 바다와 면한 공터에 사람들이 모였다. 일본에서 온 연인들이 맥

주 캔을 들고 있다. 그 옆에는 곯아떨어진 취객이 대 자로 누워있고 그 너머 영도다리는 한창 공사 중이다. 화물 배와 어선들이 바다를 넘나들고 기러기는 춤을 춘다. 볕이 제법 따가워졌다. 고래 고기 한 점 못 먹고 자리를 일어섰다.

시장을 나와 아미동 고개로 접어들었다. 고개와 언덕과 개발이 덜 된 이쪽은 해운대와 딴판이다. 가끔 만나는 판잣집들이 마치 어린 시절 홍은동 무허가 타르지붕을 생각나게 한다. 문 닫힌 만홧가게가 길가에 나앉았다. 그 옆에는 미용실이 오래된 커튼에 가려 있고 두 노인이 나를 유심히 관찰하고 있다. 큰길 사이사이로 보이는 미로 같은 작은 골목길은 산꼭대기까지 이어졌다.

그 시절, 장애가 있는 누나는 물지게를 지고 수도 없이 홍은동 언덕을 오르내렸다. 초등학교를 파하고 돌아오는 길에, 길게 늘어선 수돗물 집에서 누나가 나를 부르는 소리에 얼른 뒷골목으로 숨어들었다. 19공 연탄 두 장을 들고 언덕을 오를 때도 누나와 멀찍이 떨어져 걸었다. 그래도 누나는 삶아놓은, 어디서 주운 고구마를 학교에 갔다오면 내게 내밀었다. 왜 그때는 창피하고 부끄럽고 싫었던지 사

람들이 있을 때는 언제나 나는 도망 다녔다. 아미동 언덕을 넘어가자 구두살롱의 미닫이 창문에 내 모습이 투영된다.

사하역 근처에서 홀로 앉아 점심을 먹었다. 발뒤꿈치가 뻐근하다. 하단역을 지나 드디어 낙동강 하구 둑으로 접어들었다. 재두루미 한 마리 수문에 걸터앉아 수면을 노려보고 있다. 을숙도 만남의 광장을 지나는데 검게 그을린 바이크가 달려오고 있다. 4대강의 종착에서 마지막 확인 도장을 찍는 모습에 부럽기도 하였다. 수많은 강줄기와 언덕, 도로 및 위험을 무릅쓰고 드디어 자신이 해냈다는 생각에 그는 오늘 행복하리라. 그리고 또 다시 달려가겠지.

공사 중인 하구 둑을 지나 청량사 삼거리에서 우측으로 돌아섰다. 오로지 자연과 강이 만들어준 평야 지대를 지나 북쪽을 향하여 걷고 또 걸었다. 김해공항을 우측에 두고 걸을 때에는 가다 서다를 반복했다. 적신 수건이 금방 말랐다. 덕도 초등학교를 지나고 '낙동강오리알' 음식점을 지날 때의 신세는 낙동강 오리알과 진배없다.

강동교를 넘어 낙동강 가에 앉아 양말을 벗고 수면 위를 나는 새들을 구경했다. 몇 번의 스트레칭을 하고 절뚝이며 가락초등학교를 지났다. 아주 멀리 남해고속도로가 보였으며 그 뒤로 오늘의 목적지 김해시가 아른거렸다. 마지막 무릎 관절에 무리를 주며 천천히 그리고 쉼 없이 발을 옮겼다.

다음날 새벽, 임호산 아래 찜질방을 나와 연지 사거리를 지나 연

지공원으로 들어갔다. 잘 가꾸어진 공원에 물안개가 피어오른다. 그 옆으로 경전철이 지나가고 나는 계속 북진하였다.

그리고 명동 삼거리까지 쉼 없이 걸었다. 주유소를 끼고 들어가니 길은 한적하다. 이북초등학교를 지나는데 건물 한 동이 정겹다. 조금 더 가다가 퇴은교를 넘어 논길로 들어섰다. 논에서 한 아주머니는 부지런히 손을 움직이고 논가에는 코스모스가 수줍게 펴있다. 언덕 위의 외딴 집을 넘어가자 화포천이 조용히 마중한다. 화포천 입구에 서 있는 푯말이 이 아침을 깨운다. '대통령의 길'

작은 수로 다리를 건너 화포천을 따라 걸었다. 오리 몇 마리 수면 위를 미끄러져 내려가고 지난여름의 토사를 흠뻑 뒤집어쓴 나뭇가지들이 여기저기 누워있다. 작은 나무의자에 앉아 생각에 젖는다. 그는 이 길을 수없이 걸으며 무엇을 생각하였을까?

혼자 또는 같이, 손자들을 자전거에 매달고 이 자연 속에서 평범하게 살겠다고 내려왔건만, 자리에서 벗어나기 무섭게 득달같이 몰려온 언론, 그리고 다른 세력들에게 이리저리 뜯겼다. 이 숲은 그 흔적을 덮어버리고 아무 일 없었던 듯이 물을 무심히 흐르게 하고 있다.

철길을 밑으로 해서 나오면 자음사 언덕에 감나무 밭이 노랗다. 그 오솔길을 천천히 걸으면 바로 오른편으로 봉화산 암봉이 오롯이 서 있다. 이 길로 접어드는 순간부터 묘한 긴장이 다가온다. 누군가 저 산 넘어, 봐서는 안 될 것 같은 아픔이 어느 순간 물밀듯이 밀려올 것 같다.

아! 부엉이바위가 가슴을 꽉 막는다. 그리고 은은한 음악이 어깨 위로 흐른다. 수반 연못의 물은 살랑살랑 넘치는데 노란 바람개비는 돌지 않고 처연히 눈물짓고 있는 그의 모습을 에워싸고 있다. 논에는 '그대 잘 계시나요?'라는 문구가 더욱더 눈가를 적신다.

봉화산에서 보는 진영 벌판은 그 누가 있어 슬피 울었는가 싶듯이, 더욱 평화스럽고 풍요하게 곡식들을 익게 하고 있다. 저 아래 그 누가 태어나 이 들판을 흔들어 놓았던가? 저 아래 작은 부엉이바위도 그저 작은 암석일 뿐인데 저토록 왜 자물쇠 울타리를 놓았을까? 왜 그토록 많은 사람들은 이리로 몰려 와 목 놓아 울고 가는가? 왜 그는 우리 곁을 떠나지 못하고 계속 기억을 끄집어내게 하는가? 그가 이 땅에 남긴 마지막 한 마디. 부엉이바위 아래 놓인 시든 꽁초의 의미를 누구나 알겠지. 노오란 논길을 걷고, 봉하 마을을 벗어나 진영역 철길 따라 가는 길에 살아서나 죽어서나 피어나는 그의 향기가 오래도록 퍼져나갔다.

진영역 — 전남 고성

(2012. 11. 30.~31.)

소 울음소리가 나는 밀양을 지나면 슬픈 아리랑이 생각난다. 삼 랑진에서는 밀양강과 낙동강이 합수한다. 아름다운 이름들, 하지만 밀양강폭은 네모반듯하게 정리되고 그 아래 물이 미약하게 흐르는 데 얼마 전까지 휘돌아갔던 실개천은 간 곳 없다. 이 강바닥을 누비 던 쉬리, 꺽지, 그리고 쏘가리 등 많은 물고기들이 지금쯤 살아있다 면 어디에 터전을 잡았을까?

기차는 진영으로 들어서고 있다. 저 훤한 벌판 지나 봉화산에는 인기척 하나 없다. 오후 세 시 못되어 역에서 말년 휴가인 듯 육군 병장과 함께 내렸다. 사람들은 뿔뿔이 헤어지고 나는 진영읍으로 향했다. 지난번에 왔던 길, 앞서오던 봇짐 여러 개 이고 진 노숙자 한 사람이 내 눈을 피하며 과수원으로 들어간다. 왜 피할까. 내 검 은 옷차림이 단속반으로 보였나? 지나가자 다시 나와 정반대로 가고 있다. 무거운 걸음이다.

본격적인 창원으로 향하는 길, 드디어 값 주고 산 방진마스크를 착용했다. 땅거미는 서서히 내리고 의창대로는 공사가 한창이다. 고개를 넘자 바로 어둠이 찾아왔다. 전조등 행렬들, 갈 길이 온통 포장 공사로 빈 공간이 없다. 옆은 낭떠러지, 어쩔 수 없이 비상 점멸 랜턴으로 바꾸고 정면으로 내려갔다. 어느 차는 앞에 와 서행하고 어떤 차는 바로 옆을 스친다. 마치 총알이 스치는 것 같다. 뛰고 서고 또 달리고 그 구간을 빨리 벗어나야 사는 길이다.

창원과 마산은 한 몸체이다. 의창로는 3·13대로로 바뀌고 길은 일직선 방향이다. 사람들은 가는 가을을 아쉬운 듯 거리로 쏟아지고 나는 밤이 깊어진 후에야 무학초등학교 앞 찜질방에 들어가게 되었다.

커다란 탱크 굉음 같은 코고는 소리에 잠을 설치고 새벽 4시 반에 찜질방을 나왔다. 가로등에 반짝이는 노란 은행잎들이 바람에 춤을 추며 떨어진다. 이리저리 굴러다니는 잎들은 환경미화원과 이른 실랑이를 한다.

사람이 갑자기 사라진 거리를 생각해 봤다. 발전소도 정지되고 온 도시는 정적으로 변하여, 거리는 인간의 가축과 짐승들로 점령되고 몇 십 년 후 창과 가로등과 건물들이 차례로 쓰러지며 결국 인간의 흔적들은 숲과 나무들로 채워지고 동물들이 주인이 된다.

그리고 수천만 년이 더 지나 지구는 내부 지진이나 다른 행성 충돌로 모든 것들은 멸종하고 원시지구는 처음부터 시작한다. 마치 이 지구에 아무 일이 없었던 것처럼. 가능성 있는 지구 멸망에 관한 어느 다큐멘터리다.

　믿거나 말거나, 24시 편의점에 들러 왕뚜껑에 뜨거운 물을 붙는다. 알바녀는 감기로 계속 기침을 한다. 그녀는 휴일도 없나보다. 밤밭 고개를 넘으며 찬바람에 마스크를 다시 둘렀다. 도로는 일직선 남해안대로로 바뀌고 어둠을 가르며 걸음은 계속되었다.

　터널 입구에 들어서자 산 위로 만월이 떠 있다. 터널 속은 그야말로 굉음과 바람의 지옥으로 귀와 입과 온몸이 고통으로 일그러지게 했다. 일 킬로미터 정도의 거리가 고문의 연속이었다. 다행스러운 것은 높이 세워진 보행 통로에 그나마 철재 가드레일이 세워져있다는 것이다.

　터널을 나오자 달은 저만치 서서히 산 아래로 내려가고 있다. 다음 터널을 지나고 세 번째 터널 입구에서 좌측으로 도로를 벗어났다. 그 바로 아래는 계획했던 숯가마 찜질방이 아침에 분주히 참나무를 태우고 있다. 아침 밥 짓는 연기와 함께 가는 길을 방해한다. 저 아래 바다가 보인다. 부산에서 보고 다시 만나는 푸른 물결, 남해 바다. 동해와 또 다른 멋으로 반짝이고 있다.

　"나는 새를 찍어요!" "안녕하세요?" 아침 부부가 논에서 돌아가며

인사를 한다. 창포 갈대숲이 바람에 눕는다. 그 안에 들자 놀란 철
새들이 해안 멀리 미끄러지며 난다. 창공에는 매가 원을 그리며 그
들을 쫓는다. 양식장이 보이며 바다는 푸른 하늘과 갈색 벌판에게
아침 인사를 한다. 갈대숲과 바람에게 등을 보인 채 나는 앉아 숨
을 죽였다. 한 번 날아간 철새는 내게로 접근하지 않고 수면에 반사
되는 햇빛만 가슴으로 밀려온다. 뒤에서는 계속 갈대들이 머리를 숙
이며 "어디서 왔어요?" 묻는다. 그때마다 하얀 갈대 가루는 바람에
실려 바다로 계속 날아갔다. 그곳에서 나는 혼자가 아닌 것처럼 모
든 우울한 기분을 버릴 수 있었다.

동진교를 넘을 때는 탄성이 절로 나왔다. 짙푸른 바다는 작은 섬들과 어울려 멀리 산들과 풍경을 만들었다. 떠나는 배는 아름다운 해안으로 하얀 포말을 만들어놓고 파란 하늘에는 하얀 실선의 비행기 줄이 만들어졌다. 그 해안 길 따라 나는 걷고 또 걸었다.

해물탕으로 점심을 먹고 1010도로로 접어들었다. 어제 이어서 12시간째 접어들면 반드시 오는 발목 통증이 도졌다. 고성은 아직 멀고 어깨는 무거워졌다. 오후 들어 벌판은 각종 조선소와 공장들로 부산하다. 하나의 초가지붕처럼 만들어져있던 볏단들이 언제부터인가 하얀 비닐로 싸여있고, 이곳저곳 비닐하우스가 빈 논을 차지하고 있다.

옛날에는 추수가 끝나고 볏단들을 빈 논바닥에 초가 형태로 만들었다. 겨울에는 논밭에서 놀다가 저녁이면 볏단을 뽑아 감자나 고구마를 구워 먹었다. 주인 할아버지에게 들켜 뻔질나게 도망쳤지만. 오래전부터 이런 과거의 정경들은 사라지고 지금 길은 지루하기만 하다.

어느 주유소를 지날 때 검은 로트와일러 한 마리가 내게로 다가왔다. 위협은 아니지만 그렇다고 호의도 보이지 않았다. 그저 궁금했나 보다. 녀석은 내 주위를 돌며 코로 냄새를 맡는다. 그리고 내가 진행하는 방향으로 계속 따라온다. 달릴 수도 없고 "집에 가자!" 했더니 녀석이 짧은 꼬리를 살짝 흔든다. 덤벼들지는 않겠군. 주유소로 돌아가 근무자에게 도로에 개를 풀어놓지 말라고 타일렀다. 젊은 주유원은 헛기침 한 번 하며 녀석의 목을 잡았다. 그 순간 나는 줄행랑 쳤다.

여기 저기 파손된 도로는 수리중이라 지나는 차량마다 한 바가지씩 먼지를 내게 뿌리며 달려갔다. 그 먼지를 피하러 들어간 골목에서 덩그러니 있는 집 한 채가 눈에 들어 왔다.

창호지 문으로 나를 마중한 일 자 형 집에는 인기척이 없었다. 대나무 울타리 안에서는 따지 않은 고추가 속절없이 말라가고 있으며 서쪽으로 넘어가는 한 뼘 볕을 잡으려고 지붕은 한껏 낮춰져 있었다.

어제 기차에서 읽은 《좋은 생각》의 글 한 편이 생각났다. 그림을 그리는 작은오빠가 오랫동안 돌아오지 않는다는 것이다. 벌이가 없어 공사판까지 전전했던 그 오빠가 언제부터인가 소식도 없어졌다는 것이다. 노모는 13년째 자식의 생사를 몰라 애태우고 있고, 그 어머니는 오늘도 방문 바람 소리에도 깜짝깜짝 놀라고 있다고 한다.

혹시, 저 안에 그 노모가 살고 있지는 않을까? 내 헛기침 소리에도 나무 울타리 안은 조용하다. 곡기 하나 없이 누워 있지는 않을까? 유난히 열녀가 많은 고장인데 지나는 내내 슬픈 감정이 일어났다.

해가 서산머리에 다시 앉을 즈음 나는 발목을 절뚝이며 고성 터미널로 들어섰다.

고성 — 삼천포 — 남해 다랭이 마을

(2013. 3. 15.~16.)

다시 찾은 고성 터미널에는 봄바람이 확연하다. 고성 고인돌과 능이라……. 참으로 묘한 대조를 이룬다. 마치 능들이 고인돌을 호위하고 있는 듯하다.

길은 바로 우측으로 꺾이고, 나는 봄 향기 맡으며 걸음을 재촉했다. 길가에 핀 아주 작은 꽃들, 풀 그리고 나물들이 파릇하다. 이쯤이면 어김없이 생각나는 사실이 있다.

봄나물 캐는 우리 누나. 굽은 팔로 쪼그려 앉아 놀이며 밭을 오가는 누나의 작은 광주리에는 소담스럽게 나물들이 채워진다. 해질녘에 돌아와 누난 그것들을 우물가에 앉아 깨끗이 씻어내고 된장을풀어 국을 끓였다. 그날 저녁은 찬이 없어도 입 안 가득 군침이 돌았다. 우리 누나, 이젠 더 이상 볼 수 없음에 갑자기 목울대가 부어

오른다. 저 들판 어디쯤 머리 숙이고 있을 것 같다.

매화가 하얀 옷을 입는다. 삼천포로 가는 길. 작은 벌들이 수없이 날고 논길은 산허리를 넘는다. 삼천포(三千浦)라는 말은 흔히, '잘 나가다 삼천포로 빠진다'는 부정적 의미의 속담으로 쓰이고 있는데, 이 말은 개성에서 수로 (水路) 3,000리나 되는 먼 곳이라 하여 이러한 지명이 생겼다는 근원이 더 설득력이 있다고 들었다. 고인돌공원과 연꽃공원을 지나 삼천포를 향해 산허리를 돌고 돌아 올랐다.

산을 넘자 산불 감시 오토바이가 내 앞뒤를 맴돈다. 버스정거장에 앉아 물을 마시는 나를 멀리서 감시를 한다. 아마도 피우지 않는 담뱃불이라도 붙일라치면 쏜살같이 달려올 듯싶다. 마을마다 확성기에서 나오는 소리로 난리가 났다. 산불이 나면 그 지역을 우범지역으로 삼아 계속 감시한다는 방송도 흘러나온다. 어느 곳은 노약자나 정신이상자는 주위에서 단속하라고 방송하기도 한다. 농번기에 농민들은 이래저래 바쁘다.

한국폴리텍대학 앞에서 농로로 들어섰다. 이 길이 끝나는 곳에 오늘의 목적지가 있음에 발에 힘이 솟는다. 삼천포 바다가 아직 높은 태양 아래 빛을 반사하고 있다. 그곳을 향해 천천히 접근해 갔다.

다음 날, 남일대 해수찜질
방을 어둠속에 나와 풍차전
망대를 지나 삼천포대교로
진입했다. 새벽 6시쯤인데 하
늘은 여명도 없다. 멀리 화력
발전소의 불야성이 바다를
넘어온다. 대교 아래 바다는
모든 어둠을 빨아들이듯 검
고 긴 침묵 속에 흐른다. 밑이 아찔하다. 아무도 없는데 간간이 지
나는 차들의 전조등이 이곳에 난 혼자라는 것을 일깨워준다. 창선
대교를 넘자 서서히 날은 밝아왔다. 그럴수록 삼천포 불빛은 점점
멀어져 갔다.

길가 마늘밭이 파랗다. 그 아래 바다 가운데 죽방들이 아침을 기
다리고 있고 밭에 이웃한 낮은 슬레이트지붕 집엔 인기척이 하나 없
다. 오래된 폐가임에 틀림없다. 오다 본 경운기가 서 있는 집에도 인
기척이 없었다. 경운기 엔진 위에는 장판이 먼지 속에 덮여있고 바퀴
와 짐칸이 녹이 슬어 다시 움직이기엔 무리일 듯싶었다. 한때는 그
집에 가장이었고 컬컬한 목소리로 마을을 누볐을 노인의 흔적이 묘
연하다. 이 집도 마찬가지인 듯 마른 넝쿨과 문마저 떨어져 나갔다.
마늘밭만 무심히 바다를 바라보고 있다.

유일하게 문을 연 자장면 집으로 들어갔는데 곰탕이 유일하게 준비된다고 했다. 그때 문자가 왔다. 모든 것 내려놓고 생일을 축하한다고, 집사람이다. 그래도 이만하면 호사다.

　또 다른 창선교를 넘는다. 다리 아래 죽방렴 안에는 얼마나 많은 멸치가 들어있을까? 커다란 차가 지나가자 다리가 흔들린다. 길은 좌측으로 돌아 또 다른 산을 넘어갔다. 왼쪽 발가락 뒤에 물집이 생긴 것 같다. 산을 넘어 보리암 입구에서 저 멀리 설흘산이 보이는 만으로 내려갔다. 해안가 벤치에 앉아 맥주 캔을 땄다.

　파도에 따라 섬들이 춤을 춘다. 옅은 물안개 속에 섬들은 멀어진다. 아니 뭍으로 더 가까이 오고 싶어 몸부림치는 것 같다. 그런 섬들은 슬픈 외로움에 손을 흔드는 주름 깊은 할머니 얼굴을 닮았다. 가지 말라고 아니, 보내주며 생전에 꼭 다시 오라고 처연하게 멀어지는 배를 바라보고 있는 것 같다. 그렇게 바다와 섬과 산, 그리고 바람이 내 주위로 모여들었다.

차가 더욱 많아지고 무뎌진 다리를 이끌고 아메리칸 마을을 지나고 언덕 위의 펜션을 넘어 계속 걸었다. 저 바다 넘어 금산이 멀어지고 있다. 고개를 지나고 언덕을 넘으니 파란 다랭이 마을이 등산객들과 차들로 둘러져있었다.

여수 - 순천 - 벌교

(2013. 3. 29.~30.)

남해 서상터미널에서 여수로 배편을 이용하여 점프하려던 계획
은 운송회사 면허가 나오지 않았다하여 버스 편을 이용하여 여수터
미널로 향하게 되었다.

하룻밤을 여서청사 뒤 찜질방에서 보냈다. 뒤척이던 새벽잠을 샤
워로 깨우고 일찍 길을 재촉하였다. 한참 방향을 핸드폰으로 찾아
보고 여명을 우측에 두고 서쪽으로 향했다. 도시는 새로운 건물과
도로 건설로 몸살이다. 자정 즈음에 버스에서 봤던 여수 앞바다의
야경은 어디로 갔을까?

항구 도시 여수, 얼마나 물빛이 곱고 아름다우면 여수(麗水)라 불
렀을까? 하지만 아름다움에는 슬픔이 깃든다고, 우리 현대사에서
여수는 아름다움으로 기억되기보다 차라리 '반란의 도시'로 기억되

고 있다. 1948년 단선·단정 수립에 반대해 일어선 제주도 4·3사건을 진압하기 위해 10월 19일, 14연대가 제주도 출병을 거부하면서 일어난 여순사건 때문이다.

10월 19일 20시, 출정준비를 하고 있던 부대원들에게 인사담당 지창수 상사와 7명의 장교, 하사관들이 제주 출병을 거부했고 다른 병사들이 이에 동조해 병기고와 탄약고를 접수하면서 시작되었다. 그 당시 3,000명이 못 되는 전체 병사들 중 2,500명 정도가 참여한 이 무장봉기는, 20일 오전 10시 여수 장악, 12시 순천 장악 등으로 삽시간에 퍼져나갔다.

불과 2~3일 만에 동으로는 광양·하동, 북으로는 곡성·남원, 서로는 벌교·보성·화순까지 퍼져 나가 전남의 절반 이상에 파급을 미쳤다. 사전에 치밀하게 준비된 것으로 보이지 않는 사건이 삽시간에 들불 번지듯 확대된 것에는 해방 후 좌익과 우익으로 분리된 측면과 수립된 지 얼마 되지 않은 이승만정부와 미군정의 미곡 수집령에 대한 원성이 큰 몫을 차지했다고도 한다.

그 후, 국방군의 진압에서 살아남은 사람들은 광양과 지리산으로 뿔뿔이 흩어져 저 '빨치산'이 되었다. 질곡의 역사를 안고 있는 여수. 과연 통영 앞바다의 아름다움이 여수 앞바다의 슬픔보다 더 위대할까?

시청 못가 콩시루해장국집에서 아침을 먹었다. 길은 서쪽으로 계속 이어졌다. 언덕을 넘고 풀밭과 꽃밭을 지나며 바다를 바라보며 걷고 걸었다. 한가한 도로 위에 내 그림자를 남기며 천천히 걷는데 어느 순간 마음속에서 작은 슬픔이 끄집어 나왔다. 앞에 보이는 푸른 바다는 섬들을 어루만지며 끝없이 수평선과 지평선을 넘나든다. 저 아름다운 해안선과 풍경이 지금은 밋밋한 느낌으로 다가온다. 불현듯 솟아나는, 다시 승진에서 제외된 좌절과 상실감은 언제쯤 사그라질까? 모든 것을 '사랑하라'는 일산 큰형님의 뜻은 내게 아직 스며들지 못하고 있다. 돌담 방파제에 도달하여 부서지는 파도의 모습을 쉼 없이 바라보아도 현기증만 일어났다. 가자! 배낭을 다시 둘러맸다.

농주리를 지나서 바로 용산 전망대 산길로 접어들었다. 과수원 길로 접어들어도 따라온 개 짖는 소리는 여전하다. 오솔길을 지나니 바로 순천만이 발아래 펼쳐졌다. 드넓은 조망에 그제야 가슴이 뚫린다. 한없이 펼쳐진 갈대밭과 논, 그리고 수로는 멀리 바다까지 이어졌다. 가끔 수로를 오가는 배가 긴 쾌척을 남긴다. 어느 정도 갈대밭이 정리된 곳에서 이미 떠나간 철새들의 군무를 못 봄이 아쉽기만 했다. 저 아래 많은 사람들이 이곳을 향하여 오고 있으며 흐려진 순천만은 갈대숲 사이로 한껏 바람을 품고 있다.

벌교를 향하는 편도 2차선 도로는 매연과 바람 그리고 피로를 몰고 왔다. 가다 서고 가다 서고 버스정류장에 걸터앉아 남은 거리를 가늠해봐도 너무 힘들었다.

　아직도 12킬로미터 남았다는 표지판에 맥이 풀렸다. 순천만 입구 식당에서 점심을 거른 것을 후회해도 소용없다. 발바닥과 발목, 그리고 고관절이 통증을 호소했다. 12시간 가까이 등짐에 허리는 비명을 질렀다. 저 고개만 넘으면 벌교다. 그곳에 쉼이 있다. 마지막 힘을 쥐어짜고 벚꽃 핀 언덕을 내려갔다. 쩔뚝이며 올라간 조정래 태백문학관은 이미 문이 닫혔고 '소화' 집 벽에 걸려있는 물지게만이 나를 마중했다.

벌교 — 강진

(2013. 6. 22.~23.)

첫차를 기다리는 순천 버스터미널은 여명을 기다리고 있다. 서울, 광주, 나로도, 강진 기타 목적지로 가는 사람들의 옷차림이 다양하다. 그중 짧은 반바지에 한껏 멋을 부린 한 무리의 아가씨들의 까르르한 목소리가 습기 찬 공기를 가른다. 서울 버스에 오르는 그녀들의 들썩임이 대합실에 활기를 불어넣고 버스는 떠나갔다.

그녀들이 사라진 자리를 바리바리 봇짐을 든 노인들이 차지하고 나도 벌교행 시외버스에 올랐다. 승객이야 다섯 명, 차는 정거장들을 순식간에 지나치며 익숙한 거리를 단숨에 미끄러져갔다.

벌교 버스터미널은 거의 쓰러져 갈듯이 을씨년스럽고 달랑 나와 한 아주머니를 내려놓고 강진으로 달려갔다. 벌교역을 바라보는데 기차가 지나간다. 4량 열차가 아침 공기를 마시며 서쪽으로 향한

140

다. 옛날 스무 살 친구는 어디 갔을까? 이만큼 나이 들어 더 생각나는, 흥분하면 말 더듬는 벌교세무서 발령 간 내 친구는 어디서 무엇을 할까?

길은 한가한 차도, 조성면으로 들어서는데 아주머니 한 사람이 모내기를 한다. 아마도 기계가 지나간 빈자리에 한 땀 한 땀 모를 다시 심나보다. 그 사람이 허리를 드는 순간 내 카메라 눈과 마주쳤다. 나는 얼른 카메라를 거두는데 못 본 채 그녀는 허리를 다시 숙인다. 미안하고 고맙다.

논들은 제법 푸른 초원으로 변하고 있다. 어디선가 논두렁 벌초로 싱그러운 풀내음이 실려 온다. 예당 덕산제 저수지는 작렬하는 태양에 허리를 내주고 내 몸은 더위에 익어가고 있다. 보성을 넘어가는 고갯길은 숨이 턱 밑에 온다. 저 아래 조만식 선생이 은거했다는 동네가 내려다보였다. 그 당시에는 달구지가 넘었을 듯싶은 고갯마루에서 아스라이 멀어져간 벌교 방향을 응시했다.

오후의 태양 아래 칡즙 한 잔을 마시고 터벅터벅 보성으로 내려갔다. 바듯이 도착한 식당, 콩국수(그쪽 말로, 콩물국수) 한 그릇 얼음 듬뿍 넣고 옆 테이블 쌍둥이 아기들의 재롱을 보며 허겁지겁 먹었다. 갈 길은 멀고 도로는 뜨겁다. 장흥으로 넘어가는 옛길에서 기쁨을 맛본다. 한적한 가로수 길에 차는 거의 없고 내 걸음 소리만 정적을 깨운다. 가로수 잎들은 허옇게 등을 보이고 바람은 내 뒤를 떠민다.

무엇이 달라졌다는 것일까? 어제 말한 아내의 목소리가 어깨를 누른다. 변했다고? 어떻게? 지난 천진암 마라톤 이후, 왼쪽 무릎 후방십자인대 통증으로 속도가 언덕에서는 반으로 줄었다. 하지만 생각은 그만큼 늘었다. 그럴까? 옆 길가 차밭의 푸름이 눈을 달래준다. 쓸쓸히 쓸어져가는 길가 주유소가 옛 영화의 덧없음을 말해주고 있다. 뒤로 돌아앉아 잊힌다는 것이 내 모습과 비슷하다.

길은 숲길을 길게 돌아 넘어갔다. 30분 정도 차가 없는 도로에 나 혼자 서 있다. 불현듯 사람이 그리워진다. 장흥이 너무 멀다. 발바닥에 물집이 다시 생긴 것 같다. 장동면 사거리 슈퍼에서 캔으로 목을 축이고 장흥으로 넘어가는 4차선 전용도로에 올랐다. 목적지 거리상 단축 코스로 들어섰지만, 차들은 다시 많아져서 금방 후회를 했다.

2개의 터널을 맨몸으로 지나쳤다. 무서운 속도로 달려오는 굉음은 고스란히 내 귀를 후비고 든다. 화물차가 달려오면 그 자리에서 벽을 마주보며 멈추고 왼손으로는 심장을, 오른손으로는 귀를 막았다. 작은 돌 하나라도 날아오면 그것은 총알이 된다.

뱃골을 지나 제암산 휴게소에 예수님 십자가가 피를 흘리고 서 있다. 저 아래가 바로 장흥인데 몸은 그만 찜질방에서 하루를 쉬라고 야단이다.

다음날 아침 8시에 장흥 버스터미널을 나와 장흥대교를 건넜다. 안단테리조트에 오는 첫차 버스 문제로 대여섯 번 전화를 받은 터미널 안내 여인에게 미안함을 전한다. 버스가 30분 늦게 오는 바람에 계속된 전화질은 그만큼 강진 걸음에 내 몸이 한껏 달아올랐기 때문이다. 발아래 탐진강이 많은 수초 사이로 흘러간다.

장흥남초등학교 건널목에 끔찍한 사체가 누워있다. 아마도 초등학교 학생들과 같이 길을 넘나들었을 강아지 주검이 붉은 창자를 내놓고 버려져 있다. 몹쓸 자동차들. 인간의 속도감에 생명들이 사라지고 있다. 하물며 횡단보도에서도 말이다.

장흥 우시장이 붐빈다. 어린 망아지부터 다 큰 송아지까지 부지런히 경매가 이루어진다. 송아지를 팔아버린 빈 차는 서둘러 가버리고 새로 들어온 트럭에는 그곳 소들이 실려지고 있다. 서울역 대합실에서 엄마 손을 놓친 아이처럼 애타게 부르는 소리 따라 어린 소들의 눈물방울에서 굵은 눈물이 흐른다. "음매, 음매" "엄마, 엄마" 그 소리가 안쓰러워 얼른 강천1교를 넘어 강진 땅으로 나는 발걸음을 돌렸다.

송암 마을을 지나자 비가 부슬부슬 내리기 시작했다. 다산의 유배 길도 이러했을까? 비는 제법 굵어지고 도로는 빗물로 젖어가고 있다. 그러나 모내기 하는 농부들의 손놀림은 쉼이 없다. 하늘은 노하고 비는 끝없이 내린다. 들과 산은 풍요로 푸르지만 가는 길은 빗물 타고 흘렀다.

과연 내가 변했을까? 나무들이 부러지고 열매 맺고 누렇게 변해가고 결국엔 고목으로 쓰러지는 것인데 나는 어디쯤 변해가고 있을까? 변한다는 것이 나쁜 의미일까? 저기 홀로 서 있는 화살표가 강진읍까지 6킬로미터 남았다고 알려준다. 멀리 사선으로 떨어지는 빗줄기 속으로 강진읍이 흐릿하게 손짓하고 있다.

비가 그친 영랑 생가에 사람의 흔적이 없다. 시인은 없고 돌담에

시만 남아 지난날을 그리워한다. 그 윗집에는 옛날 강진중앙초등학교 터에 고 완향 김영렬 화백의 화랑이 있다. 시인과 화가는 가고 그들의 작품은 남아 찾는 객에게 깊고 한편으론 슬픈 인간사 덧없음을 말해 주고 있다.

남도 일 번지 강진의 아침은 파란 하늘로부터 열리고 있다. 멀리 북서쪽 월출산에는 하얀 구름이 뭉개 뭉개 피어오르고, 길은 강진천을 건너 좌측으로 이어졌다. 이른 새벽 걸음에 나섰을 친절한 아

주머니의 길 안내 따라 도로를 몇 걸음 직진하여 벗어나자 자전거 길이 아스라이 뻗어있다. 노란 남도유배길 리본이 작은 바람에 살랑인다. 아무도 없는 길옆으로 물기 묻은 강진만이 아침볕에 반짝인다.

오른쪽에는 파란 들녘에 벼들은 무럭무럭 자라고 그 뒤로 만덕산 머리에 구름 한 점 지나고 있다. 팔을 벌려 심호흡 한 번 한다. 그 순간 등줄기를 타고 오르는, 소름 돋는 이 외로운 자유로움이란 어디서 오는 것일까? 좌우로 펼쳐진 풍경에 한순간 가슴 속이 미어진다. 불현듯 눈물이 날 것 같다. 두루미 한 마리가 카메라 방향에 놀라 멀리 날아가고, 썰물에 빠져나간 갯벌에 수많은 생명들이 구멍을 내고 있다. 둑을 넘어온 게 한 마리 발로 살짝 막고 손으로 몸통을 잡아 갯벌로 던져 놓았다. 아침먹이를 찾아 새들은 날고 만에는 물안개가 피어올랐다.

태풍 솔릭은 대만 근처에 머물고 장마 기단은 중부지방에 진을 치고, 그 중간지대에 있는, 여기 강진은 높은 하늘과 습기 묻은 기후로 전형적인 장마 끝의 폭염을 만들고 있다. 그러나 자전거 길 3킬로미터 내내 눈은 즐겁고 마음이 방망이질 치는 걸음이었다.

백련사로 오르는 길에 진돗개 한 마리 자기네 영역이라고 계속 쫓아온다. 녀석 사납게 덤벼들지는 않고 간간이 짖으며 나의 거동을 감시하는 듯 어슬렁거린다.

백련사 입구에 있는 수령을 측정할 수 없는 차나무와 동맥 숲은 등줄기에 흐른 땀을 식혀준다. 대웅전 입구에 누워 초행자와 눈을 마주친 순한 진돗개 몸이 무겁다. 스님들은 아침 설법을 듣고 있는지 열린 창 옆모습이 조용하다. 사내를 둘러보고 대웅전에 들러 팔배를 했다. 고색으로 맞아주는 창틀이 나그네에게 거리감을 없애준다. 안 천장에는 용들이 부처님을 지키고 있는데 홀로 앉은 나를 눈여겨보고 있다. 다시 두 손 모아 머리 숙이고 대웅전을 나오니, 팔작지붕 끝으로 보이는 강진만은 파란 바다 위에 뜬 하얀 구름 같다.

암자마다 아침 문안을 올리고 있는 젊은 보살이 친절하게 다산초당을 가르쳐준다. 연대와 이름 모를 부도 탑을 지나 산길은 이어졌다. 오솔길에도 계속 강진만은 내려다 보였다. 작은 숲 언덕을 넘어 초당 가는 길이 쓸쓸하다. 얼마 후 마주친 초당 뒷모습도 숲 그늘에 너무 조용하다. 천일각에서 바라보는 강진만 역시 침묵 속에 있다.

다산이 만든 초당 옆 작은 못에 붕어 한 마리 얼굴을 비추고 사라진다. 암벽에 새겨진 '丁石'이란 글자가 나를 내려다보고 있다. 초당은 남았지만 그 주인은 간 곳 없고 어두운 산 그림자만이 이곳을 지키고 있다. 객이야 과거를 돌아보고 합장 한 번 하고 가면 그만이겠지만 왠지 마음은 애잔하다. 낙엽 지는 가을날에 오지 않았음이 오히려 다행이랄까. 유배 서당은 내려가는 발걸음을 조용히 마중한다.

당신은 가셨지만 그 마음은 영원히 남아 만덕산과 강진 앞바다를 훨훨 날고 계시지요? 사랑합니다.

초당을 벗어난 도로에 나오자 하늘의 폭염과 열기가 숨을 막는
다. 새로 산 신발 탓일까, 아니면 약한 발바닥 때문일까, 왼발바닥
에 통증이 오기 시작했다. 물통 두 개는 이미 뜨거워서 먹어도 목이
말랐다. 머리에 쓴 수건도 금방 말라 땀 열기를 전혀 식혀주지 못했
다. 걸음은 무뎌지고 갈증은 더욱 심해져갔다. 주유소 바닥 공사로
타르가 뿌려지고 있다. 그곳을 뜀박질로 벗어나는데 건너편에 승합
차 한 대가 섰다. "학생, 어디까지 가~ 요?" 내 얼굴을 보고 바로 '요'
자를 붙여준다. 골목을 나온 어느 차량은 경적을 두 번 울리며 지
나간다. 고마운 사람들.

그늘만 있으면 쉬고 가기를 반복했다. 식당이 나오면 뭘 먹을까?
시원한 콩국수, 아니면 냉면? 아냐, 바닷가니까 물회를 먹어야지. 하
지만 가도 가도 식당은 보이지 않았다. 드디어 언덕에 있는 다산기
사식당에서, 원하는 것 하나 없이, 아침 거른 점심을 허겁지겁 먹었
다. 그래도 풍성한 식단으로 쉴 사이 없이 젓가락을 옮겼다. 반주를
곁들여 먹은 얼마 후, 다시 폭염의 열기 속으로 몸을 던졌다. 마치
사막의 전장으로 돌아가는 것 같았다.

어느 버스정류장에 서 있을 때 배낭을 멘 두 바이커가 지나가며 파이팅을 외친다. 얼마 후 그들도 자전거에서 내려 언덕을 오르기 시작했다. 하지만 저 언덕을 넘으면 두 바퀴가 시원하게 굴러가는 내리막이 저들에게 기다리고 있겠지 하는 생각에 절로 한숨이 나온다. 다시 내 몸에는 두 사람이 싸우기 시작했다. 멈추려는 나와 가려는 나.

북일면사무소를 지나는데 거의 두 시간이 걸렸다. 24시 편의점에서 아이스크림을 먹으며 좀처럼 밖으로 나오지 않았다. "오늘 안으로 갈 수 있을까요?" 걱정스러운 듯 젊은 아주머니가 쳐다본다. 웬걸, 말이 씨 되듯이, 언덕을 넘어 쇠노재 주유소에서 퍼지고 말았다. 물만 먹어 배는 맹꽁이고 혀는 강아지 모습이다. 일단 머리에 물 한 바가지 붓고 주유소 옆 평상에 주저앉고 말았다. 기름을 보충하고 옆에서 쉬고 있던 한 사내가 묻는다. "왜 걷는 겁니까?" "글쎄요. 도시를 벗어나고 싶어서겠지요."

그이는 무엇이 궁금했는지, 어디서부터 출발했느냐, 하는 일은 있느냐, 그 종류는 무엇이냐, 잘도 묻는다. 땅 끝 길에서 만나는 사람들의 행보가 그동안 궁금하였나 보다. 내게서 얻을 흥미가 더는 없는지 그는 트럭을 몰고 고개를 내려갔다. 과연 나는 왜 걸을까? 휴, 또 가보자. 주유소 직원은 눈조차 들지도 않는 열기 속으로 나는 다시 발걸음을 옮겼다.

북평면사무소를 지나 완도로 가는 사거리 고가도로 아래에서 또 다시 퍼질러 앉았다. 땅 끝 가는 길이 이리도 멀까? 머릿속에서 찬반 갈등이 또 걷잡을 수 없이 싸움을 한다.

달마산을 우측에 두고 길은 수없이 구부러지고 펴졌다. 산 정상 바로 아래까지 태양이 내려왔다. 다행인 것은 열기가 한층 꺾여 호흡에는 수월감이 들었다. 하지만 남은 거리가 16킬로미터 떨어져 이 상태라면 밤 10시가 넘을 듯하다. 그래, 만용을 버리자. 단념도 배우는 것이다. 지는 것도 배우는 것이다. 내일 다시 이어가면 되지. 포기란 육체에서 오거나 정신에서 오거나 모두 쓰리지만 무모한 도전보다 낫다. 계속 내 반쪽은 다른 반쪽을 넘고 있었다. 그리하여 나는 나약함과 타협을 했다.

새벽의 갈두산 사자봉(155미터) 여명은 어제의 고생을 탕감해준다. 땅끝탑과 전망대에서 보는 하얀 안개와 바다의 일출은 방금 신이 내려와 그 아름다움을 빚고 있는 것 같았다. 작은 백일도와 흑일도 그 넘어 노화도 그리고 보길도가 아련히 넘실되며 손짓한다. 그때 갈두항에서 떠나는 뱃고동 소리가 이른 아침의 물안개를 가른다.  또 하나의 유배지 보길도로 가는 배리라. 얼굴을 적시는 아침 바람과 푸른 바다 경치에 취해 나는 그 자리에서 한동안 내려가지 못했다. 끝은 또 다른 시작인가? 강진 그리고 땅 끝에서.

강진 — 목포 버스터미널

(2013. 10. 5.)

강진의료원을 지나 여명 속에 있는 호수공원은 적막하다. 백학 한 마리 날아와 호수에 내리자 물여울 퍼져간다. 마치 도포 입은 선비가 가부좌를 틀고 앉는 것처럼 사뿐하다. 다산의 정령인가 싶다. 다시 도로 밑을 지나 농로로 들어섰다. 길가에는 깻잎과 빨간 고추나무가 머리 숙여 서 있다. 노란 벼가 이슬 무게에 눌려 더욱 눕는다. 산등성 위로 오늘의 일출이 보이자 만물이 기지개를 편다. 이어서 상큼한 풀냄새가 코를 적신다.

물기 안은 햇볕이 이슬에 반사되어 눈이 부실 즈음 한 무리의 개 떼를 만났다. 앞서 오던 어린 백구가 나를 보는 순간 주인 뒤로 숨자 그중 제법 큰 놈이 내게 다가온다. 으르렁거리는데 날렵하게도 생겼다. 주인이 말리자 녀석 내게서 멀어진다. 그레이하운드 종으로 주인과 함께 아침 산책을 나왔다고 한다. 주인은 든든하겠다.

다시 도로로 나오자 길가에 오래된 효자문이 서 있다. 그 앞에는 벼 이삭이 널려져 있고 어느 농가에서는 수탉이 운다. 지금까지 효녀, 효부문은 많이 보았지만 효자문은 처음이다. 오늘날 현실과 너무 벌어진 버릴 수 없는 유산이다. 언덕을 넘어 주유소를 지나자 갑자기 안개가 앞을 가린다. 이슬 먹은 숲과 논에서 발산하는 수증기가 햇볕으로 인해 동시에 안개로 변했다. 어느 순간에는 몽환적으로 느껴져 갈 길을 멈추게 했다. 해가 더 높이 오르자 그 모습은 순식간에 사라지고 넓은 황금 들판이 펼쳐졌다. 토요일 아침이라 차들이 적다. 저절로 콧노래가 나왔다. 곡목은 〈향수〉.

성전면으로 들어섰다. 이른 아침에 문 연 식당이 없다. 미 서부 황야의 나그네가 말에서 내려 걸어둘 고리 하나 없이 썰렁한 거리다. 알코올과 담배에 절은 두 사내가 편의점 앞에서 나를 주시한다. 폐교된 대학 앞이 더욱 쓸쓸하다.

길은 다시 해남과 영암, 그리고 목포 방향으로 나뉜다. 저 멀리 월출산의 바위 암릉이 얼굴을 내밀며 손짓한다. 조금 덜 걸으려고 산길을 넘어 자동차전용도로로 접어들었다. 얼마쯤 내려가는데, 어라? 이상하다. 해남까지 거리가 23킬로미터에서 20킬로미터로 줄어들었다. 아이고, 목포가 아니라 지금 해남으로 가고 있지 않은가? 도로를 돌아 다시 목포 방향을 잡는데 1시간이 더 소비되었다. 이 참에 고속도로 아래에서 반바지로 갈아입고 본격적인 목포행을 시작했다.

고속도로가 옆에서 함께 주행하고 있고, 이 전용도로에는 휴게소가 있는 곳마다 문이 닫혀 있다. 점심시간이 지나고 있건만 편의점도 보이지 않는다. 다행히 어젯밤에 사 둔 빵으로 요기를 했다. 앞은 버스정류장 의자가 먼지 속에 묻혀있다. 지나는 승용차에서 시선이 다가온다.

한 달이 넘은 후에 온 길행이라 다시 발바닥이 아려온다. 도로에는 제법 차들이 많아졌고 먼지와 소음은 배가 되었다. 착한 차들은 내게 달려와 일차선으로 들어가며 배려를 해줄 때마다 나는 손을 들어 고마움을 표했다. 나쁜 차들은 내게 달려와 더욱 갓길로 몰아내며 전속력으로 달려갔다. 왜 도로에 나왔냐는 식이다.

전국을 자전거 도로로 만들겠다고 한 전직 대통령은 공약(公約)을 하였는데, 지금 대통령은 책임 없는 공약(空約)으로 치부하고 있으며 도로는 여전히 자동차 위주다.

그 때 경적소리가 났다. 앞이 아닌데 갑자기 옆에서 승합차 한 대가 후진하며 내게 다가왔다. 전용도로에서 후진을 하다니, 차와 경

찰이 없어서 다행이지만 적잖이 놀랐다. 창문이 열리며,

"F1 경기장 티켓 드릴까요?" 한다.
"아닙니다. 저는 목포로 갑니다." 놀람을 웃음으로 답했다.
"가는 방향에 있어요. 오늘 티켓인데, 나는 필요 없어요." 그 후덕한 중년 사내가 말했다.
"감사합니다. 하지만 저도 필요치 않습니다. 좋은 하루 되세요." 나는 정중히 대화를 마무리 지었다.

이래서 오늘 걸음은 기분 좋게 업(up) 된다. 흐뭇한 세상 살만한 세상, 주위에는 언제나 좋은 사람들이 있다. 그나저나 배는 고프고 갈 길은 더디다. 저 아래 콤바인이 부지런히 움직인다. 몇 분 안 되서 논 한 필지를 왕복하는데, 누런 벼들이 있던 자리가 훤한 벌판으로 변했다.

삼호읍 입구 편의점에서 캔 하나를 샀다. 세한대학교 학생들이 길을 넘어와 음료수를 사간다. 얼마 남지 않은 거리에 영산강이 있다는 생각에 발목의 통증을 잠시 잊기도 했다. F1 경기장으로 들어가는 입구에서 안내요원에게 물었다.

"티켓이 얼마입니까?"
"최하가 12만 원 할 걸요." 의자에 앉은 사내가 말했다.
"정말요?" 나는 놀랐다.
"비싼 것은 70만 원이 넘어요." 한다.

나중에 알았지만 토요일은 최하가 8만 원에서 34만 원 하고, 일요 티켓은 72만 원까지 간다고 한다. 그냥 받아와서 반값에 처분이라도 할 걸 하는 생각에 배가 아팠다. 지상에서 가장 느린 사람 걸음과 가장 빠른 F1 경주를 사이에 두고 일어난 해프닝이라 참으로 아까웠다. 지나간 행운을 후회해 봤자 속이 더욱 탄다. 길가에서 팔고 있는 무화과 열매가 궁금했다.

　"맛을 좀 보면 안돼요?"
　"없어요." 슬며시 파지를 덮으며 할머니가 말했다.
　"사지도 않을 거면서……" 돌아서는 할머니의 얼굴에 먼지와 피곤이 넘쳐흘렀다.

　나도 잘못이지, 지금까지 왔던 길을 아무 소득도 없이 돌아가라면 갈까? 한바탕 웃음이 나왔다. 길을 조금 더 가자 '에쿠스모텔'이라는 건물이 보였다. 왜 이름을 그렇게 지었을까? 주인이 그 차종을 가졌을 거야. 아니면 그 공장 라인에서 일을 하든가. 아니면 '에쿠스'를 모는 사람만 받아주는 모텔인가? 보기엔 '포니' 이름이 더 어울릴 것 같은데, 별의별 생각을 하며 길을 재촉했다.

　조금 더 진행하자 또 다른 간이 건물에서 사내 둘이 무화과를 포장을 하고 있었다. 사 갈 수 없는 사정을 이야기 하고 천 원으로 맛보기 하나를 얻었다. 냉동해서 나온 맛이 키위 같으면서 참외 같기도 했다. 덤으로 큰 놈 하나 더 준다. 이렇게 실랑이 하면서 영산강 하구 둑으로 들어섰다. 아직 해는 높이 떠 있고 어느 사이 나를 따라온 태풍 '피토'의 가장자리 구름은 광주 하늘까지 뻗혀있다.

강은 바다와 만나 넓은 전경을 선사한다. 갈매기들이 저녁의 날 갯짓을 접고 하나 둘 오염막이 부표에 앉아 쉬고 있다. 강 건너 목포 항이 유달산 아래에 포개져 있다. 배들은 점점이 떠 있고 항구에는 하나씩 불이 들어오기 시작했다.

방파제에는 높고 웅장한 철재 수문이 여기저기 걸려 있다. 강과 바다의 경계를 인공물이 가로막고 있는 것이다. 강은 이젠 강이 아 니고 호수화 되고, 바다는 내륙 깊숙이 들어가려는 흐름을 접고 대 불산업단지 앞에서 멈추어 서 있다. 사람이고 자연이고 있는 그대 로 놔두면 안 되는 것일까? 수 만 년 내려온 강줄기에 생체기를 내 어 무엇이 좋아지는 것일까? 인간의 편의성 하나로 온통 자연을 개 조하는 것이 과연 인간에게 복이 될 수 있을까?

이제 목포는 항구가 아니라 향 락 도시로 변하였고, 그 옆에 영산 강은 오도 가도 못하고 그저 어깨 너머로 목포항을 바라보고 있다. 해 저무는 유달산은 그런 모습을 묵묵히 내려 보고 있다. 하늘은 잿 빛이다.

그 다음 날 찾아 간 망월동에는 비가 내렸다.

나의
한반도
둘레길

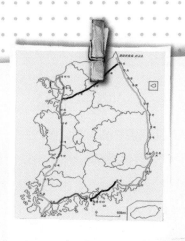

4부.
서해안은 슬픔만 가득하다

도롯가에 가지를 뻗은 감들이 탐스럽다. 그러나 코스모스 핀 길을 벗어나 저기 보이는 외딴집이 눈에 띈다. 잔뜩 가을 색을 입고 닫힌 문가에 가지런히 세워 둔 손수레가 외롭다. 한창 분주해야 할 가을걷이 시간에 저 집만 인적이 없다. 속 절없이 저 집으로 그늘만 들어가고 있다.

목포 버스터미널 - 신광

(2013. 11. 30.)

새벽 5시 반에 찜질방을 나왔다. 거리는 어둠에 잠겨 스산하다. 좌측에 중앙병원이, 우측 언덕에 목포 세종병원이 서 있다. 부천 세종병원은 심장전문병원으로 유명한데 여기는 무엇을 전문으로 하는지 궁금하다. 잠시 후 김대중 대통령 기념관이 흐릿하게 보인다. 상고를 나오고 한국의 격변시대에서 민주화를 굳건히 지켜온 선생의 기념관을 지나치니 못내 아쉬움이 든다.

조금 더 진행하자 초의선사 생가 이정표가 보인다. 우리나라에 차(茶)를 도(道)로 승화시킨 사람 중의 한 분이며, 유배지 강진에서 다산과 벗을 하셨던 분이다. 말로만 듣던 그분의 발자취를 더 알지 못함이 또한 아쉬움으로 남는다.

어제, 국회 대회의실에서 원주 국회의원의 『화석에너지의 종말』

출판기념회가 있었다. 국회 부의장의 축사와 인기 있는 의원들 그리고 많은 귀빈들이 그 의원의 출판을 위해 모였다. 원주에서 자란 그는 30여 년의 공직과 석탄 공사장을 역임하였다. 먼 뒤에서 그의 입지전적인 동영상을 보았다. 그 많은 사람들 속에 보잘 것 없는 내 존재가 헐렁하다. 고인이 되신 그 부인의 해맑은 모습이 생각났다. 사람은 자고로 이름을 남긴다는데 이 어두운 새벽길을 가는 발걸음이 가볍지만은 않다.

목포대학교 앞 정거장에 몇몇 학생들이 버스를 기다리고 있다. 지나치려는데 순종은 아닐 듯싶은 진돗개 한 마리가 나를 반긴다. 여기저기 기웃거리던 녀석이 나를 따라온다. 차도를 따라오는데 여간 위험하지 않다. 녀석에게 소리 질러 내게 다가오도록 하면 녀석 나를 한 바퀴 돈다. 차들이 멀찍이 떨어져 지나친다. 집에 가라고 해도 막무가내서 1킬로미터 이상 따라오고 있다. 집에 가는 길을 잊었나 싶기도 하고, 아니면 근처에서 천방지축 말썽을 피우는 녀석인가 싶기도 하다. 하지만 위험스러워 길가 편의점으로 들어갔다. 컵라면으로 아침 요기하고 나오니 녀석이 없다. 누구를 따라갔나 싶다. 차도에서 급브레이크 소리가 나지 않은 것이 천만다행이다. 그래도 어쩐지 서운하다. 녀석도 나처럼 외로운 신세였는지 모른다. 송달산(318 미터)이 늦은 아침을 맞고 있다.

날씨는 우중충한 하늘에 햇볕이 거의 없고 찬바람이 분다. 무안을 지나고 고속도로 밑을 지나 함평 길로 접어들었다. 이 길은 익숙한 길이다. 10년 전 나주 길에 우리는 있었다.

그날은 도로에 눈이 수북이 쌓여 승용차가 지나가면 부드러운 눈 밟는 소리와 눈가루가 사방으로 흩어졌다. 나와 집사람 그리고 동생은 어머니를 뒷좌석에 모시고 나주로 내려갔다. 수 년 째 당뇨 합병으로 병원에서 어머니는 거동은 물론 대소변을 간병인 손에 의지해야 했다. 점점 발의 혈관들까지 막혀오고 있었다.

퇴원 수속을 하는 나를 보고 어머니는, "다시, 서울대병원으로 가는 거니?" 하신다. 그곳에서 입·퇴원을 반복하셨다. 그곳에 가면 회복하시리라 믿었나보다. "아니요. 좀 멀리 가요." 나는 그 눈을 피하며 말했다.

그리하여, 그 당시만 해도 저렴한 요양병원이 별로 없어 물어물어 먼 전라남도 나주로 모시고 갔다. 그 병원에서 입원 수속을 마치고 어머니께 인사를 하니, 어머니가 한 마디 하셨다. "애야, 올라가기 전에 간호사에게 대신 인사치레나 하고 가렴."

어머니의 슬픈 표정에 나는 자주 오겠다는 빈말을 남기고 얼른 그 자리를 피해 달려 나왔다. 밖에는 또 눈이 내렸고, 그 후 나는 바쁘다는 핑계로 자주 가 뵙지 못하였다.

그런데 어느 날 나주병원에서 전화가 왔다. "준비하고 내려오세

요." 급하게 내려간 그날, 나와 집사람, 그리고 동생은 밤새 지켜보다
가 다시 서울로 모시자고 했다.

눈은 계속 내렸고, 앰뷸런스 경적은 요란하게 서해안 고속도로를
따라 올라갔다. 앰뷸런스 차 속에서 어머니는 계속 무언가를 중얼거
리셨다는데 나는 아무 것도 할 수 없었다. 결국 서울 응급실에서 마
지막 심폐소생술도 의미 없이 어머니는 운명하시고 말았다.

왜 그때 서울에서 더 치료하지 못하였는지 미어지는 마음 그지없
다. 지금 이 길이 나주로 들어가는 길, 나는 깊은 반성과 후회를 안
고 걷고 있다. 저 멀리 함평역을 지나 목포행 KTX가 내려갔다. 그리
고 또 생각나는 사람, 누나. 아, 왜 이렇게 슬픈 길일까?

함평천 제방을 따라 걸어갔다. 갈대와 추수 끝난 벌판이 스산하
다. 재두루미 한 마리가 멀리 날아간다. 이젠 제법 철새들도 무리를

이뤄 나는 것이 보였다. 5킬로미터 정도의 길에 아무도 보이지 않았다. 그리고 함평 엑스포공원도 썰렁하다.

늦은 점심을 먹고 함영로를 따라 영광으로 올라갔다. 그때 광주 친구 녀석에게 전화를 걸었다. "야, 그 길은 아무 것도 없어. 가게는 물론 띄엄띄엄 집들만 있을 뿐이야. 금방 어두워질 텐데 조심해." 걱정해 주는 녀석의 전화를 뒤로 하고 부지런히 걸었다.

해는 왼쪽 어깨까지 내려와 더욱 발길을 재촉하였다. 조선일보의 6·25사변 피살자 명부를 보면 전국적으로 피살자가 59,964명 중 전남에서만 43,511명이 나왔다. 그중에서 21,225명이 영광(靈光)에서 발생되었다고 하니 참으로 슬픈 영광이다. 지금도 그 영향이 고스란히 남았는지 가는 길 내내 초라한 몇몇 집들만을 만날 수 있었다. 함평자연생태공원 입구를 지나 언덕을 넘어 신광으로 들어갔다. 지금은 해는 지고 어둠이 몰려온 백운 삼거리에서 버스를 기다리고 있다.

신광(영광) - 부안

(2014. 5. 3.~4.)

조용한 아침거리는 잠에서 깨어나지 않고 내 걸음소리만 정적을 흩어놓는다. 작은 마을 신광 보건소를 지나 길은 일차선 시골길이다. 좌우로 전개되는 파란들과 논 그리고 산들이 옷을 입고 있다. 가끔 마주치는 차들은 앞까지 와서 속도를 줄이고 어느 차들은 중앙선 밖으로 길을 비켜준다. 그럴 때마다 손을 들어 줬다. 그렇게 영광 가는 길은 들뜨면서도 약간 지루하기까지 했다. 영광 군청 길은 버스터미널과 다르게 개발이 덜 된 언덕길로 이어졌다. 낙후된 영광의 슬픈 역사를 뒤로 하고 고창으로 향하는 길로 나섰다.

길가 무덤가에 장애인용 전동차가 서 있다. 주인은 어디 가고 없고, 본격적인 더위를 식히려고 겉옷을 벗었다. 도로는 확장포장으로 타르 냄새가 바람에 실려 온다. 물을 마시고 있는데 숲에서 한 할머니가 나오고 있다. 나물을 캐고 있는 전동차 주인인 듯하다. 오다 서다를 반복하며 부지런히 나물을 캔다. 다시 열기 속으로 나섰다. 공사가 진행 중인 도로로 올라섰다. 나만의 길, 훤한 신작로를 걷는 기분이란 마치 내 소유인양 아무 방해가 없다. 아스팔트에 파공된 구멍에서 파란 싹이 작은 꽃을 올려 내놓고 바람을 맞고 있다.

대산 삼거리를 벗어나자 좌측에 커다란 나무숲이 눈을 앗아간다. 삼태마을 왕버들 숲이란다. 카메라를 들고 마을로 들어섰다. 파란 버들가지가 실개천에 뻗어 내리고 아이들은 방금 엄마를 따라 집으로 들어갔다. 집들은 내리쬐는 햇볕에 조용하다. 개천 넘어 담장 있는 한옥이 눈을 끈다. 조용히 돌아앉아 숨을 고르는 선비가 은거하는 듯하다. 기와 단청이 나무그늘에 가려 더욱 신비를 더해준다.

수백 년 넘은 버들 숲을 거닐며 피곤한 심신을 달랬다. 파릇한 보리밭이 바람에 살랑인다. 그곳을 벗어나는 내내 다시 뒤돌아보고, 계속 머물고 싶은 편안한 마을이다. 성송으로 잠시 들어섰다가 2차선 전용도로로 다시 나왔다. 발바닥이 아려온다.

해가 눈높이로 내려올 즈음 고창으로 들어섰다. 고창중학교 담벼락에 현수막이 걸려있다. 이곳을 졸업한 학생이 장성하여 단원고 교사로 근무 중 진도 앞바다에 침몰한 세월호에 승선했다는 것이다. 온 국민들에게 씻을 수 없는 치욕과 슬픔을 주고 아직도 배는 실종자들과 함께 바닷속에 갇혀있다. 지금까지 우리나라는 성장과 경쟁과 이윤 추구에 혈안을 두고 안전과 사람은 뒷전이었다. 그리하여 후진국형 대형 참사가 잊을라치면 또다시 발생되곤 한다. 그 많은 실종 사망자들, 그리고 그 부모와 가족들은 과연 다시 일어설 수 있을까? 그들의 절망적인 충격은 살아있는 한 영원히 지워지지 않을 텐데 참으로 원통할 일이다. 오늘 목포에서 첫차를 기다리며 진도행 버스에 오르는 사람들은 모두 그곳으로 달려가는 관계자들인가 싶었다. 국민들도 분노하고 있다. 속절없이 지는 해를 왼편에 두고 고창 중심으로 들어갔다.

새벽에 눈을 뜨니 찜질방이 사람들로 가득하다. 새벽길의 조용함은 이젠 중독이 된 듯하다. 고창을 벗어나며 잠에 든 뒷길을 돌아봤다. 고창, 안녕!

곧은길을 걷는데 옆 폐차장에서 진돗개 한 마리가 폭력적으로 달려온다. 마주보니 녀석 철문 안으로 시선을 돌리며 짖는다. 순간 녀석이 구원을 청하는 듯싶어 달랬다. 서두르지 않고 천천히 걸으며 달래고 달랬다. 일대일이라 녀석도 주춤한다. 철문 안에서 더 큰 놈이 으르렁대며 뛰쳐나올 듯싶다. 속히 벗어남이 상책이다. 짖는 놈은 물지 않기 때문에 덜 걱정되나 한순간 차도로 들어서는 이때 달려오는 차가 더욱 위험하다. 전국을 걸으며 당하는 순간들이다. 길가에 참새가 죽어있다. 어제 오늘 네 번째이다.

고창북고등학교를 지나는데 이른 아침 학생이 나온다. 함께 걸어오다 터미널 앞에서 갈라졌다. 어제 길가에서 만난 사람처럼 헤어짐이 섭섭했다. 자전거를 타고 진천에서 온다는 그 사내는 내게 아이스크림을 꺼내 주고 떠나갔다. 기꺼이 자신의 목마름을 감내하고 반가운 만남에서 선물을 주고 간 그 사나이가 생각났다. 지금쯤 목포 찜질방에서 나오고 있겠지.

올갱이국으로 아침을 먹고 다시 도로로 나왔다. 갑자기 뒤에서 트럭의 경적음이 달려왔다. 급히 뒤돌아보니 한 승합차가 중앙선을 넘어 추월하자 나에게 경고음을 보낸 것이다. 나를 본 승합차는 다시 뒤로 들어가고 나는 그 트럭에게 고마움의 표시로 손을 들어 주었다. 인도가 전혀 없는 일차선 도로는 섬뜩한 차들의 주행으로 간담이 서늘하다.

멋진 오토바이 행렬이 지나간다. 맨 뒤에서 오는 바이커가 목례를 보내준다. 나도 손을 들어주고, 그렇게 도로는 무언의 대화가 반복된다. 좋은 사람과 나쁜 사람들이 도로에서 교차한다. 갑자기 도로가 한산하자 고양이 한 마리가 어슬렁거리며 건너간다. 수많은 주검들이 도로에 즐비하지만 고양이 사체는 별로 보지 못했다. 녀석, 나와 눈을 마주치자 자세를 낮춘다. 주위에 자신만 있는 줄 알다가 경계 모드로 돌변한다. 이렇게 도로는 삶과 죽음, 그리고 만남과 헤어짐이 반복되는 곳이다.

줄포면 편의점에 들러 물과 음료수를 샀다. 길에서 벗어나 논길에 철퍼덕 앉아 목을 적셨다. 차들은 달려오고 달려가고 오월의 들바람은 부드럽게 불어왔다.

차들이 곰소항으로 썰물처럼 밀려가자 도로는 다시 한산해졌다. 흐렸던 날씨가 개고 태양이 다시 나타났다. 길가에 차들이 연달아 서는 식당에 들어갔다. 6,000원 백반에 매운탕이 함께 나왔다. 그 때문인지 이곳으로 몰려오는 사람들로 금세 만원이 되었다. 반주도 곁들이고 머릿수건에 물을 흠뻑 적시고 도로에 다시 나섰다. 배는 부르고, 다리는 아프고, 배낭은 어깨를 누른다.

임진왜란 당시 부부가 함께 의병활동으로 사망했다는 '타루비'를 지나며 부안으로 들어가는 직선도로는 남은 기운마저 앗아갔다. 날씨는 다시 흐려지며 바람이 제법 강하게 불어왔다. 변산으로 들어가는 차량들의 행렬이 줄을 이루며 곁을 스쳐간다. 항상 그렇지만 목적지가 가까이 다가오면 마지막 발걸음에 힘을 쏟는데, 생각만큼 거리는 좁혀지지 않는다.

부안 버스터미널까지 가는데 발바닥의 물집은 점점 더 커져갔다. 반 년 만에 걷는 길이란 톡톡히 그 대가를 이곳저곳에 흔적을 남기고 여정은 부안시장에서 멈췄다.

부안 — 익산

(2014. 5. 10.)

물기 먹은 새벽길은 옷깃을 여미게 한다. 밤을 지새운 흰둥이는 주둥이를 묻고 꼼짝 않는데 나와 눈을 마주친 누렁이는 놀란 듯 자리를 박차고 일어난다. 멀어지는 모습에도 아랑곳 않고 이른 아침을 깨운다.

여명을 타고 일어나는 만물들 중에 저 아래 오형제의 무덤도 이슬을 턴다. 죽음과 삶의 경계가 모호하듯 옅은 안개 넘어 줄지어 선 전봇대가 마을과 마을을 이어준다. 그 옆에 펼쳐진 푸른 보리밭의 물결은 내 눈에 생기를 불어넣는다. 이렇게 들길 따라 이어진 논길은 죽산면으로 이어졌다.

동진강을 넘어 쇠락해가는 죽산면 거리에 유일하게 문 연 방앗간에 여남은 사람이 분주히 움직이고 철물점 옆에 영원히 문 닫았을 구멍가게가 미닫이 창문에 먼지를 덮고 있다.

힐끗 뒤를 보며 앞서가던 여학생은 버스정거장에서 나를 곁눈질한다. 유일한 파출소 순찰차가 내 주위를 한 번 돌고 마을로 들어간 후 김제행 버스가 정거장에 도착했다. 그리고 바로 세 명 실은 그 버스는 허우적 언덕을 넘어간다. 지난주에 택시를 타고 들어갔던 성덕면 대석리가 왼편으로 이어졌다. 나는 아득한 과거로 돌아간다.

6·25가 한창인 1953년 어느 가을날 신평리 마을 대표 조○숙 노인은 좌익에 협력했다는 이유로 우익들에게 끌려가 죽창으로 살해당한다. 그 아들 조○상은 달구지에 시신을 실어와 길가 야트막한 언덕에 매장을 한다. 그 후 1963년 그도 서울에서 힘든 생활을 하다 심근경색으로 서대문 벽제 화장터에서 화장된 후 신평리 아버지 무덤 아래 초라하게 묻힌다. 그 무덤들이 있는 작은 언덕배기는 1967

년 조○순에 의해 쌀 19마지를 받고 팔아넘긴다.

세월은 흘러 그 묘지 후손이 돌아왔으나 무성해진 수풀과 납작해진 무덤의 흔적이 전부였고 그 상부엔 잘 다듬어진 묘가 생겨 아래를 내려 보고 있다. 불법적인 매매의 소유권은 합법을 가장하여 등기되었고 그 후손이 찾으려면 힘든 법정 싸움이 기다리고 있었다.

그 당시 장자도 아닌 5촌 당숙 조○순은 그 무덤 땅을 어떻게 팔아넘겼을까? 지난주에 조○순 후손이 살고 있는 신평리에 찾아든 조○상 후손인 나는 우울한 결정을 전달한 후에 기차에 올랐다. 밤 늦은 김제역에 비는 주룩주룩 내리고 마신 깡술은 속을 후볐다.

만경 땅을 우회하여 김제시 방향으로 길을 턴다. 농로에 홀로 앉아 캔을 땄다. 그 소리에 백로는 멀찍이 날아가고 논을 엎어 놓다만 들판이 비를 기다리고 있다. 저 멀리 서해안고속도로가 일직선으로 이어져 있다. 저 넘어가 신평리인데 이른 아침 맥주 캔에 함께 부은 소주 탓인지 아내의 목소리가 폰에서 울컥하게 다가온다. 흙을 뚫고 밑동을 보이는 마늘과 푸른 보리밭이 눈으로 들어오지 않는다. 과연 무덤 선산은 잘 마무리 될 수 있을까? 다시 배낭을 메고 차도로 올라섰다.

길가에 불을 잘못 지핀 노인이 소방차 물줄기에 머쓱히 서 있다. 작은 나뭇가지와 마른풀이 타는 냄새가 코로 들어와 머릿속으로 들어갔다. 아련한 과거의 냄새다. 김제시로 들어가지 않고 바로 익산 방향 큰길로 접어들었다. 더워진 날씨에 반팔로 걷는데 딱정벌레 한 마리가 팔을 물고 날아갔다.

만경강이 반듯하게 정리되고 있다. 작은 모래톱에 재두루미 한 마리가 흐르는 물속을 주시하고 있다. 넓게 펼쳐진 푸른 풀과 보리밭이 마음을 환하게 달래준다. 저 아래가 부모님의 고향 만경평야와 군산이다. 한 사람은 만주로 한 사람은 옥구초등학교 교사로 살았었는데, 그들의 고향은 사라지고 그들도 영원히 가고 없다.

만경강은 소리 없이 흘러간다. 먼지는 입속으로 마구 들어오고 더위 먹은 발바닥은 아우성이다. 오늘은 원광대학교에서 멈췄다. 유진이에게 전화를 했다. 기숙사에서 빨래를 돌리고 있던 딸의 목소리가 내겐 기쁨이다. 어서 가야지, 버스 타고 함열로.

지금은 기차를 기다리고 있다. 초저녁 8시 넘은 함열역에 부산함이 사라진지 오래, 국밥집에서 나온 사내들이 그 국밥집 아낙의 주선으로 하나둘씩 지하 단란주점으로 내려가고, 그곳을 순찰하고 나온 초로의 한 여인은 자전거를 끌고 비칠거리며 골목으로 사라졌다. 드디어 역은 조용해졌으며 밤하늘에는 여물지 않은 달이 몇몇 별들과 어울린다. 철 잃은 가을꽃이 역전 불빛에 수줍게 펴 있다. 수원행 마지막 기차는 언제 오려나, 작은 역 광장을 어슬렁거리다가도 어디선가 들려오는 아낙의 비음(鼻音)을 들으며 나는 서 있었다.

익산 – 공주 유구

(2014. 9. 12.~14.)

익산 원광대학교에서 시내버스를 내렸다. 유진이가 전화로 수업이 늦게 끝나서 점심시간이 확 줄었다고 한다. 녀석 멀리 내려와서 고생을 하고 있군. 딸의 얼굴을 못보고 도로를 따라 함열 방향으로 걷기 시작했다.

하늘은 회색빛 구름으로 가려져 좀처럼 파란 빛깔은 보이지 않았다. 황동을 지나도록 차도를 순방향으로 걸었다. 금요일이라 제법 차들이 많다. 뒤에서 오는 차들의 속도가 느껴지니 자꾸 차도 밖으로 밀려났다. 편도 2차선 도로인데 가끔 내 옆을 스치는 추월 차가 위협적으로 다가왔다. 다송 사거리부터는 도로를 건너 역방향으로 걷기 시작했다.

백제장례식장을 지났다. 그 바로 옆에 노인 복지요양원이 잔디 위에 서있다. 묘한 설립에 자꾸 눈이 간다. 함열 사거리에서 좌측으로 들어가 24시 편의점에서 음료수를 마셨다. 하늘이 걷히고 9월의 햇빛이 강렬하게 내리쬤다. 원광보건대 기숙사 뒤편에서 부녀가 만났다. 3층에서 아빠를 본 딸이 놀라며 소리쳤다.

"아빠! 정말 왔네?"
"그래. 반갑다. 유진아!"
"지금 내려가?"
"아니, 강경 가서 기차가 있으면 내려올게."
"조심해 가요. 아빠!"

딸의 서운해 하는 모습을 뒤로하고 함열성당을 지났다. 함열대로를 직진하다가 안성로로 접어들었다. 조용한 마을길로 들어서자 어디선가 풀벌레 소리가 들렸다. 1차선 도로에 차들이 거의 없다.

버스정거장에 철퍼덕 앉은 할머니의 호기심 눈초리가 나를 계속 따라온다. 밭일을 방금 마치고 앉아 호흡을 가다듬고 있었다. 바람에 깻잎의 냄새가 코를 찔렀다. 한동안 코가 그 냄새를 따라 움직였다. 머릿속으로 아릿한 가을이 들어왔다. 그때 KTX 열차가 익산 방향으로 휙 지나갔다. 증기기관차면 어떨까 하는 상상을 해본다.

벼들은 노랗게 머리 숙이고 제법 핀 코스모스 길이 즐겁다. 연화교를 건너는데 신북천 아래 고기들이 제법 무리지어 보였다. 물에 햇빛이 반짝인다. 어디선가 총소리가 들렸다. 작은 언덕을 넘어 도로는 내 차지이다. 그때 옆에서 총소리가 또 들렸다. 돌아보니 확성기에서 나오는 소리다. 새들이 벼이삭을 먹지 못하도록 위협하는 소리였다.

논에서 젊은 농부가 저무는 들을 거닐고 있다. 언덕을 한참 넘어 손전등을 켤 때까지 그 소리는 계속 반복되었다. 농부와 짐승의 한판승부는 언제쯤 끝날까? 새끼 밴 암소를 깜짝 놀라게 하는 저 소리는 사람들에게도 득은 아닐 듯싶다.

길가에 누룩뱀이 짓이겨져 있다. 도로의 열기는 강경 읍내까지 이어졌다. 기찻길을 건너 어두워진 도로를 지나 버스정거장에서 마침 익산행 버스를 탈 수 있었다.

함열읍에서 배고픔을 참고 기다린 딸과 늦은 저녁을 먹었다. 이런저런 이야기 속에 며칠 만에 만난 딸이 반갑다. 녀석은 아버지가 강경행 막차에 오를 때까지 정거장에서 아버지를 걱정한다. 많이 컸네. 우리 딸, 몇 주 후에 보자!

찜질방을 나오니 해는 벌써 올랐다. 금강에 아침 공기가 싱그럽다. 아침 운동 나온 사람들이 넓은 운동장을 돈다. 넓은 강심은 조용히 흘러간다. 이슬 먹은 갈대숲이 키를 넘었다. 작은 새들이 갈대속에서 재잘거리며 아침을 연다. 잘 만들어진 자전거 길을 따라 강을 거슬러 올라갔다. 군데군데 '경작 금지'라는 푯말이 눈에 띈다.

금강 하구에서 38킬로미터 떨어진 지점이란다. 옥녀봉의 전설이 새롭다. 2010년부터 2년 만에 만들어졌다는 준공 표지석에 대기업 이름들이 박혀있다. 구름 하나 없는 하늘에서는 해가 온 세상을 내리 쬐고 있다. 다시 여름 열기가 숨을 막혀온다. 그 길로 자전거들이 지나쳤다.

석성로 나무 데크 길에서 왱 소리가 나서 위를 보니 커다란 말벌이 위협하고 있다. 몇 년 전 응급실로 실려간 생각에 냅다 뛰었다. 수십 미터 달려가며 뒤를 보니 녀석이 계속 쫓아오고 있다. 기겁하고 달리니 배낭 무게에 다리가 후들거린다. 백여 미터 달려가도록 날아오는 녀석에게 뒤돌아 일전을 준비하고 소리치며 달렸다.

수백 미터를 달리고 달려 뒤를 보니 녀석은 보이지 않았다. 아무도 없는 길에서 119가 금방 올지도 의문이고, 전화가 제대로 통화는

될까도 걱정이었다. 나만의 소란은 다행히 싱겁게 끝났다. 낡은 오
토바이가 그늘에 서 있다.

"이보게, 이거 하나 먹고 가게."
"괜찮은데요." 하면서도 놀란 가슴에 목이 말랐다. 커다란 배를
반 잘라 깎아준 할아버지가 웃으신다. 자식들은 모두 도회지로 나
가 사는데 며칠 전 그들이 사온 배를 냉큼 나에게 건네주는 고마움
에 말벌의 공격을 잊을 수 있었다.
"이명박 대통령이 이 길을 만들어주기 전에는 산길로 돌아 다녔
어."
할머니와 부여로 마실 가는 중간에 있던 그들이 나를 반겨주었
다. 인사를 하며 돌아서는 나는 흐뭇한 감정이 일었다. 잠시 후, 걷
고 있는 나를 지나치며 조심해 가라는 할아버지의 스쿠터는 달달거
리며 할머니를 뒤에 싣고 햇빛 속으로 달려갔다.

길은 폭염으로 열기가 솟아올랐고 그늘 없는 둑길을 걷고 걸었다.
저 아래 자전거 부부가 환호를 지르며 달려갔다. 부러운 생각이 다
시 들었다. 강심 가에 조성된 숲 지대에는 백로들이 날아들고 꿩들
이 내 걸음에 놀라 날았다.

드디어 부여대교 밑에 정자 쉼터가 있다. 먼저 온 젊은 바이커들
이 인사를 한다. 대전까지 가는지 계속 GPS 지도를 검색한다. 그들
은 정자 바닥에 누워 점심을 걱정한다. 먼저 자리를 떠나는 나에게
그들이 먼저 인사를 했다. 고마운 친구들.

백제교로 다가서는데 오토바이 한 대가 달려온다. 그런데 앞에서 "조심해. 잘 가." 한다. 몇 시간 전에 만난 그 고마운 할아버지이다. 뒤에는 할머니를 달고 멀어지는데 할머니는 고개를 돌리지 못하고 오른손만 흔든다. 고마운 분들. 오래오래 사세요.

그 바로 옆에 '껍데기는 가라'는 금강의 시인 신동 엽 시비가 더위에 서 있다. 거미줄과 잡초가 시비를 에워싸고 있다. 건양대학 교병원을 지나 성왕로로 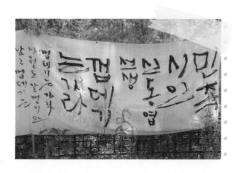 진입하였다. 허기에 무작정 들어간 칼국수 집에서 콩국수를 시켰다. 하얀 국물이 저절로 넘어갔다. 정신없이 먹고 나가는데 요리하는 할 머니가 잘 가라고 바쁜 중에도 인사를 한다. 배낭을 멘 내가 힘들어 보였나보다. 정말로 다리가 많이 풀렸다. 신발 고쳐 신고 더위와 열 기 속으로 다시 발길을 옮겼다.

부여초등학교를 끼고 돌 아 고개를 넘어갔다. 다시 만난 금강 자전거 길이 열 기를 토해내고 있고, 저 아래 낙화암 밑에 유람배 가 정박해 있다. 가다 서  다를 반복하며 백제보에 도착하니 기념관 화장실이 천국이다. 기념

관 안내양이 설명을 해준다. 작은 발전기를 돌려 주위 4천여 농가에 전기를 공급한다고 한다. 그녀는 연신 경제성이 있다고 강조하는데 강심에는 고속 보트가 은빛 물길을 이루며 달려 내려가고 있다. 그 보를 건너는데 꼬마 둘이 자전거로 넘어오고 있다. 지금 이 보는 온통 녀석들과 내 차지이다. 강은 말없이 흘러 가고 그 보를 넘자 다시 폭염의 둑길이 열을 발산하고 있다. 건너오기 전에 적신 머리 수건이 금방 말라버렸다. 둑길 끝에서 막혀 되돌아 도로에 들어설 때까지 온몸에서 수분과 염분이 빠져나갔다.

청남면 농협에서 아이스크림과 음료수를 주워 삼듯이 먹었다. 가슴골 보이는 내 옷에 여직원이 힐끗 쳐다보며 잔돈을 바닥에 놓는다. 그러거나 말거나 방금 그녀가 세차를 한 호스로 내 몸 이곳저곳에 뿌렸다. 다시 기운을 차리고 서천-공주 간 고속도로 밑을 통과했다. 수십 미터 고속도로 기둥 밑이 시원하다.

정산면으로 넘어가는 고갯길에 밤나무들이 무성하다. 어느 집에서는 도회지에서 온 딸들이 다 모였다. 한 트럭 밤송이를 부린 마당에서 딸들이 재잘거리며 밤을 깐다. 그것을 보며 웃는 내 모습에 딸들이 모두 쳐다본다. 훔쳐보다 들킨 심정은 오히려 길가 바람에 실려 오는 깨 냄새와 함께 고소하다. 늦은 오후, 더위가 한풀 지나간 후라 주위가 정겨운 길이다.

여기는 칠갑산 자락. 빨간 고추가 더욱 짙어지며 노란 박이 길에 뒹굴고, 누런 벼들이 머리 숙이고 풀벌레 소리는 저녁을 노래했다.

나는 〈칠갑산〉을 크게 불렀다. "콩밭 매는 아낙네야. 베적삼이 흠뻑
젖는다. 무슨 설움 그리 많아 포기마다 눈물 심누나……." 지나는 차
에서 힐끔 쳐다본다.

언덕을 내려가자 자전거 두 대가 엉금엉금 올라온다. 앞에는 아이
뒤에는 아빠. 갈 지(之) 자로 올라오는데 녀석의 입에서 연신 기침이
흘러나왔다. 손을 흔들어주어도 아무 대답이 없다. 너무 힘들어 보
인다. 물론 나도 힘들게 정산면으로 들어갔지만 말이다.

지금은 공주행 버스에 앉아 있다. 방금 떠난 부여행 버스를 놓치
고 다시 금강을 거슬러 버스는 가고 있다. 물빛에 어둠이 내리고 저
강 따라 백제의 고도 부여와 강경 그리고 군산이 있다. 이 강이 끝
나는 곳, 『탁류』의 고장 군산. 내 어머니의 고향 그곳. 소설 속의 '초
봉'만큼 기구한 삶을 살다간 어머니의 고향. 끄덕끄덕 졸다가 은빛
색깔에 놀라 다시 쳐다보면 말없이 금강은 흘러가고 있었다.

(상략)

쓸쓸한 마음으로 들길 더듬는 행인(行人)아

눈길 비었거든 바람 담을 지네
바람 비었거든 인정 담을 지네

그리운 그의 모습 다시 찾을 수 없어도

울고 간 그의 영혼
들에 언덕에 피어날지어이
 — 신동엽 「山에 언덕에」 중에서

일요일 정산면의 아침은 조용하다. 5,000원만 깎아달라는 말에 10년째 자신은 꼭 정가를 받아왔다는 그 모텔 노인도 지금은 잠이 들었겠지. 길에는 작고 하얀 깻잎 꽃들이 떨어지고 누런 깨 씨들이 나오고 있다. 어린 시절 저 잎 속에 숨어 숨바꼭질 하던 생각이 난다. 그때마다 깻잎에 쓸려 아파도 나오지 않았다. 오래도록 그 잎들의 냄새가 묻어서 옷 입은 채로 자다가 문득 깨어도 그 냄새는 없어지지 않았다. 어머니의 풀 먹은 치마에서 나는 냄새처럼 지금도 잊을 수 없는 냄새다.

가을은 성큼 다가왔다. 길에는 온갖 곡식과 과일이 익어가고 있다. 대추는 푸른 기가 점점 옅어지며 길에는 밤알들이 떨어져 있다. 고추와 깨는 물론 콩들이 서서히 영글고 있다. 온 들은 노랗고 산은 푸르다. 오토바이 한 대가 나를 감시해도 기분이 나쁘지 않다. 보는 것만으로도 배부르며 눈은 즐겁다.

신풍면을 지나 유구에 도착했다. 시장기와 더위로 들어간 어느 불고기집에 운동을 끝나고 온 초등학교 여자 축구선수들이 선생님과 점심을 먹고 있다. 산에 갔다 왔으니 많이 먹으라고 나온 냉면이 곱빼기다. 그날 다저스 팀의 그레인키 투수는 홈런을 때려 전날 우리 류현진 선수의 복수를 했다고 주인 할머니는 연신 기뻐했다. 야구를 훤히 알고 있는 그 주인은 카운터를 오가며 야구 이야기꽃을 피운다. 그 할머니 지리산 1코스 둘레길도 제대로 못했다고 엄살을 부리며 내게 응원을 보낸다. 자, 다시 열기 속으로 나는 나섰다.

당진-대전 간 고속도로 밑에 오리가 죽어있다. 조금 전에 사고가 난 듯 녀석의 날개가 지나는 차량의 속도에 따라 가냘프게 나풀거린다. 이번 길에도 수없는 로드 킬을 보았다. 고라니, 족제비, 뱀, 개구리, 참새, 고양이, 꿩, 개 그리고 방금 본 저 오리까지 수없는 주검을 보았다. 안타까운 사연들. 인간의 끝없는 편리는 저들의 생명을 앗아갈 뿐만 아니라 인간에게도 해를 가져옴에는 분명한데……

해결책은 없는 것일까? 지역마다 주기적으로 순찰을 하든지 아니면 작거나 큰 이정표를 두어 경각심을 알리면 어떨까. 그리고 사람들에게 교육용으로 가정마다 돌릴 일이다. 로드 킬이 너무 많다. 오히려 차들이 그곳에서 속도를 갑자기 줄이거나 방향을 틀어 제2의 사고 위험이 있다. 가을 길에 고통과 즐거움과 아픔이 함께하는 3일이었다. 지금은 유구읍 신달 교회 정문에서 아산행 시외버스를 기다리고 있다.

공주 유구 - 아산시 온양온천역

(2014. 9. 22.)

공주 유구 신달 교회 앞에서 택시를 내렸다. 좀 더 낸 택시비는 봉사료로 치고, 운전사의 말 중에서 자신이 알고 있던 50대 한 사람이 벌집을 채취하다 벌에 쏘여 응급실에 도착한 후에 바로 숨을 거뒀다는 말에 새삼 주위를 둘러보게 된다.

맑은 오후 나절, 39번국도는 한산하다. 좌우에는 누런 벼들과 과실들이 익고 있다. 가벼운 벨트 가방을 허리에 차고 걸으니 일주일 전보다 훨씬 가볍다. 한 구석에는 이미 추수가 끝난 곳이 있다. 길거리에 밤들이 떨어져 있고 은행나무 아래에는 은행들이 떨어져 노란 물을 바닥에 칠하고 있다.

덕암 초등학교는 아이들이 수업 중인지 조용하다. 운동장에는 가을의 약간 더운 햇빛이 내리 비치고 가에는 나무들이 깊은 그늘을 만들고 있다. 금방이라도 조그만 교정에서 재잘거리며 뛰놀 아이들의 목소리가 파란 하늘 위로 번질 것 같다. 그것을 기대하며 한참 2층 교실을 올려다보았다.

도롯가에 가지를 뻗은 감들이 탐스럽다. 그러나 코스모스 핀 길을 벗어나 저기 보이는 외딴집이 눈에 띈다. 잔뜩 가을 색을 입고 닫힌 문가에 가지런히 세워 둔 손수레가 외롭다. 한창 분주해야 할 가을걷이 시간에 저 집만 유독 인적이 없다. 속절없이 저 집으로 그늘만 들어가고 있다.

사슴 목장에서 날카로운 울음이 나왔다. 암소만큼 훤칠한 키에 뿔 달린 짐승이 커다란 눈망울로 나를 응시한다. 금계령 길 위에 허리 굽은 할아버지가 자신의 등판보다 높게 등짐을 지고 내려온다.

조금씩 가다 서다를 반복하며 그는 도로를 내려갔다. 이제부터 공주 땅에서 아산 땅으로 넘어간다. 고개를 내려가는 발걸음이 가볍다. 잠시 휴게소에 들러 핫바와 함께 목을 축이고 다시 길을 나섰다. 좌측에는 송악저수지가 반짝였으며 추색의 길은 한결 부드러워졌다. 그리고 실버요양원을 지났다.

나의 노년은 어떨까. 이제부터 유언장을 미리 써 둬야겠다. 무엇보다도 내 육체가 더 이상 소생과 회복이 어려울 때 응급실에 실려 가서 응급소생술이나 기도 삽관 기타 연명치료술을 거부해야겠다. 수없이 본 사망의 순간들, 특히 근무하고 있는 병원에서 본 여러 심폐소생술, 그리고 죽음의 목격. 결국은 죽음을 어떻게 맞닥치는 것이 좋은지를 깊이 생각하게 된다.

암으로 더 이상 회복이 불가능하다고 판정받고 하루가 다르게 쇠약해지는 것을 느낀 어느 프랑스 여류 작가가 있었다. 그녀는 자신의 존엄사(안락사)를 허락하는 한 북유럽 국가로 남편과 함께 떠나 그곳에서 의사의 도움을 받고 남편의 손을 잡은 채 조용히 죽음을 맞았다는 것을 책에서 읽은 적이 있다. 자신의 딸과 손자들이 나무 그늘 정원에 찾아와 놀 때 자신도 그들 주위로 찾아올 것이라고 한 그녀의 마지막 말이 유난히 기억난다.

잘 사는 것도 중요하지만 생을 잘 마감하는 것도 중요하다. 대부분 요양원에서 장례식장으로 이어지는 요즈음 삶 자체가 과연 최선일까도 의문이다. 특히, 외롭고 쓸쓸하게 돌아가신 어머니와 누나를

생각하면 가슴이 미어진다.

　가을 저녁이 아산 평야에 퍼진다. 그리고 길 건너 외암 전통마을에 저녁연기가 풍경화를 만들고 있다. 송암면을 지날 때 해는 지고읍면사거리를 지나 도로 공사가 한창 진행 중인 외암로 고개를 넘을 때는 밤이 되었다. 그리고 아산시 온양온천역에 도착할 때까지는마스크를 써야 했다.

아산시 온양온천역 - 안중

(2014. 10. 6.)

온양 실옥 사거리, K마트에서 음료수와 물을 사고 잠시 후 아산대교를 넘었다. 곡교천 아래에도 작은 보가 설치되어 있는데 물고기가다니는 어도에 물이 말랐다. 하얀 두루미 한 마리 물길에 눈을 고정하고 있다. 길은 39번 편도 2차선 도로, 직선으로 이어졌다. 수많은차량들이 꼬리를 문다.

평택 방향에서 오는 트럭들은 하나같이 무지막지하게 달려온다.갓길에는 셀 수 없을 만큼 잔해들이 떨어져 있다. 쇳조각, 나무판자,깨진 병, 체인, 쇠기둥, 차 번호판, 레미콘 시멘트와 자갈, 그 외에도버려진 쓰레기 등이 넘쳐났다. 그중 하나라도 튕겨오면 나는 커다란부상이다. 갑자기 무모한 도전인 듯싶어 신세가 한없이 초라해졌다.새로 장만한 방진 마스크 속으로 매캐한 트럭 배기가스가 밀고 들어온다. 그때마다 한 손으로 마스크를 누르고 한 손으로는 왼편 가

숨을 방어하며 진행해야했다.

긴 언덕을 두 개나 넘는 동안 긴장을 하여 온몸이 땀과 먼지로 범벅이 되었다. 지금까지 걸어온 길이 천국의 길이었다면 이제부턴 지옥의 길로 접어들은 것 같다. 경기도 그리고 수도권이 하나의 커다란 차량들의 전쟁터로 변했다. 승용차를 추월하는 외제 트럭들은 속도 경쟁이라도 하듯 내 옆을 아슬아슬하게 지나간다. 그런 순간이 오면 두 눈을 질끈 감고 제발 뭐라도 날아오지 않기만을 기도한다. 전체 한반도를 도는 사색의 도보 여행은 고사하고 지금부터는 목숨까지 내놓을 수 있는 도박 같은 느낌이 들었다. 몇 시간 후, 천만다행으로 인주 육교를 지나 아산 방조제로 들어설 수 있었다.

방조제에 오르니 넓은 바다가 펼쳐졌다. 저 멀리 서해대교가 웅장하게 현수교 두 기둥을 보여주고 있다. 아산만 바다에 물은 출렁이고 이름 모를 새들이 날아가고 있다. 10월의 바람이 차갑지가 않다. 방파제에 주저앉아 따스한 햇볕을 쬐었다. 몇 낚시꾼이 망둥이를 올리고 있다.

바다에 심어놓은 나무기둥 위에는 기러기들이 바람 방향으로 부리를 두고 쉬고 있다. 방조제 넘어 차도 옆으로 자란 코스모스 군락이 바닷바람에 한 번, 그리고 차량들이 지나갈 때 다시 한 번 이리저리 흔들리고 있다.

아산방조제 갑문 입구에 준공 연혁비가 서 있다. 1973년 12월

IBRD 차관으로 준공되었다고 쓰여 있다. 박정희 대통령 시절이다. 그는 보이지 않는 저 멀리 삽교방조제 준공식도 참석하였다. 그날이 1979년 10월 26일인데, 바로 '궁정동 사건' 날이었다.

나는 그때 만 스무 살이 되었고 성남시 어느 공장에 있었다. 서양식 놀이 가방 백가몬을 만들고 축구공을 만들어 수출하는 공장에서 일했는데 내 직위는 원단을 출납 정리하는 창고지기였다. 또한 여상을 갓 나온 풋풋한 사과 같은 경리 직원과 사귀고 있었다.(그녀는 마르고 단발머리의 얼굴 하얀 아가씨였는데 나중에 나의 아내가 되었다.)

그날 아무도 없는 공장을 새벽에 순찰하고 경비실에서 라디오를 켜는데 갑자기 잔잔하고 무거운 음악이 흘러나왔다. 그리고 이어지는 그의 서거 소식이 새벽의 피로를 앗아갔다. 나는 한동안 공장 너른 마당을 멍하니 쳐다봤다. 며칠 후 그는 부하 총에 운명하였다고 밝혀졌는데, 지금 갑자기 그 대통령이 생각나는 이유는 이곳 방조제와 저 멀리 삽교방조제 준공식 날의 그 역사적 사건 때문이 아닐까.

차량이 뜸한 순간, 나는 수백 미터 아산방조제 배수갑문을 뜀박질로 넘어갔다. 드디어 경기도로 접어들었다. 그리고 다시 39번국도로 올라 안중 방향으로 길을 재촉하였다.

길가에 작은 길이 나있다. 한발만 들어섰는데 차량들의 소음이 작아지고 노란 논들이 보였다. 예상치 못한 풍경에 사진을 몇 장 찍었다. 그 때 어디선가 새소리가 나며 철새들이 무리를 이루어 날아오고 있었다. 철새들이 저녁이 되자 군무를 이루며 이리저리 날고 있었다. 그 숫자는 점점 늘어 누런 들판과 아산만 위를 날기 시작했다. 어느 무리는 바로 눈 앞 논 위로 내려앉기도 했다.

감탄이 절로 나왔다. 이런 횡재란 또 있을까! 이곳에서 철새를 보는 행운에 가는 길을 잊었다. 바람 부는 갈대와 출렁이는 벼 들판 위로 새들은 날고 아산만에 저녁이 들기 시작했다.

눈과 마음의 호강을 뒤로 하고 현덕면으로 들어섰다. 안중은 예전에 비해 고층 아파트가 들어서고 계속 건물들이 세워지고 있다. 이제는 조용한 시골이 아니고 수도권에 붙은 도시로 변모하고 있다. 안중 읍사무소를 지나 안중 오거리에 섰다. 앞 신호등에 서 있는 나그네와 눈이 마주쳤다. 배낭에 마스크를 하고 스마트폰으로 검색을 하고 있는 것 같다. 남진 하는 여행자는 아마도 저무는 이곳에서 숙소를 잡겠지. 그에게 가는 내내 행운이 있기를.

도로는 금방 전조등으로 빛나기 시작했다. 이럴수록 나에게 위협으로 다가온다. 내게 랜턴이나 어떠한 경광등도 없다. 뛸 수밖에 없었다. 오뚜기라면 공장 앞까지 뛰다 서다를 반복했다. 온몸이 다시 땀으로 젖기 시작했다. 먼지를 잔뜩 먹고 드디어 공장 정문에 도착했다. 그리고 반가운 사람이 기다리고 있었다. 나의 지원군 나의 아내. 그녀는 내게 달려와 포옹을 해줬다. 이제 밤길이 두렵지 않다.

안중 - 산본 집

(2014. 10. 8.)

오뚜기라면 공장 정문에서 집사람을 보내고 다시 39번국도를 거슬러 올라갔다. 차량들은 더욱 많고 가는 길은 전쟁터와 다름없다. 이런 곳에 보호막 있는 자전거 전용도로는 없는 것일까? 전국을 돌았지만 수도권일수록 보행자와 자전거 여행자에게 더욱 불리하다. 전국을 자전거 문화권으로 연결하겠다고 전임 대통령이 약속을 했는데 물려받은 지금 정권은 오불관이니 참으로 안타깝기 그지없다.

39번국도는 내게 왜 나왔냐고 탓하듯이 각종 먼지를 뒤집어 씌었다. 그래도 목숨을 내놓고 나섰기에 포기할 수 없었다. 그 어떠한 사색도 없이 그저 무사하기를 바라며 걷기만 했다.

차들의 속력은 감시 카메라의 위치를 피해가며 무섭게 달려온다. 혹시나 편평하지 않은 도로가 나오면 더욱 주위를 기울였다. 그곳을 지나는 트럭들은 충격으로 뭔가를 뿌리고 달려간다. 그런 곳을 보면 서 있거나 재빠르게 지나쳐야 한다.

그러기를 몇 시간 반복하여 팔탄을 지나고 드디어 편도 일차선 도로로 내려섰다. 일러 '푸른들판로'란다. 웬걸, 도로는 흙먼지 길로 육중한 덤프트럭들이 줄지어 지나간다. 참자. 조금만 참자. 비봉면이 가까이 왔다. 수원 예비군훈련장 입구를 지나 걸음을 재촉했다. 신호등에 걸린 비봉 사거리를 전력으로 넘어섰다. 드디어 익숙한 길이다. 집이 가까워지고 있다. 새로 생긴 25시 편의점에서 음료수를 마시고 논길로 접어들었다.

이미 탈곡이 끝난 논바닥과 일직선 경계를 이루며 남은 누런 벼이삭 논이 대조된다. 벌써부터 뭔가 허전함이 밀려온다. 콤바인이 지나간 자리에 커다랗고 하얀 비닐뭉치가 지는 석양에 더욱 빛났다. 벼이삭 닮은 노란 비닐은 없는 것일까? 저런 하얀 비닐 속에 낙곡이나 탈곡된 볏단이 들어가 있다. 너무도 깨끗하게 논을 청소하여 벼 낱알이 전혀 보이지 않는다. 하늘에는 철새들이 저녁 비행을 시작했건만 그들이 내려 앉아 주워 먹을 것은 전혀 보이지 않는다. 속절없이 해는 지고 철새들은 내려올 줄 모르고 이리저리 날고 있다.

매송 지하차도 위에서 마지막 준비를 했다. 모자 위에 헤드랜턴을 장착하고 손에는 전등을 쥐였다. 이미 어두워진 반월천을 낀 용담로를 차 없으면 달리고 오면 섰다. 도로는 편도인데 인도는 전혀 없다. 인색한 도로는 도보자에게 접근을 불허했다. 다행히 오는 차들이 내 불빛을 보고 서행하며 지나갔다.

　반월2교를 지나 안산시 반월동으로 들어섰다. 그때서야 인도가 있어서 한숨 돌리고 땀을 닦았다. 하지만 반월역을 지나고 대야미로 이어지는 큰길 군포 로에 도달할 때까지 다시 뛰다 서다를 반복해야 했다.

　이젠, 위협은 끝났다. 지금부터는 눈 감고도 찾아갈 길이 훤하다. 대야미역을 지나 능내 터널로 오르는 길에 밤이 깊어간다. 오른편에는 붉은 달이 구름에 가려있다(나중에 알았지만 개기월식이 진행 중이었다).

수리산 소각장 가는 길에 있는 능내 터널 안에서 나는 소리쳤다.

"수리산이다아~!"
"집에 왔다아~!"
"나는 돌아왔다아~!"

그 소리는 아무도 없는 터널 안에서 메아리로 울렸다. 그것은 음악처럼 들려왔다. 2009년부터 시작된 나만의 한반도 둘레길 여정의 끝이 다가오고 있다. 막연히 무작정 시도해 볼까 했던 생각이 이루어졌다. 2010년에는 직장 일과 가정사로 잠시 걷기를 중단하였지만, 하얗게 눈 덮인 산하를 보거나 궂은 날에도 시간을 내어 걷기를 마다하지 않았다. 그때마다 허벅지에 쥐가 나고 발바닥에 물집이 생기고 배낭 무게가 짓누르는 고통도 이젠 다 지나갔다. 수많은 모텔과 찜질방도 추억 속으로 들어갔다. 좋은 길도 있었고 나쁜 길도 있었다. 맛있는 음식도 먹었지만 숟가락 한 번 하고 놓은 적도 많았다. 좋은 사람도 만났지만 나쁜 운전자도 만났다. 어느 순간에는 울어도 보았고 웃어도 보았다. 가슴 울렁이는 풍경에 멍하니 바라보기만 한 적도 많았다.

그 모든 것을 뒤로 하고, 이 터널만 지나면 나는 아들과 딸 그리고 아내가 기다리는 집으로 들어간다. 무엇을 더 바랄까. 걸었던 그 많은 여정들은 내 다리와 가슴, 그리고 머릿속으로 스며들었다. 세상이 다시 힘들어지고 외로워질 때면 나는 그 기억을 끄집어내서 LP판에 올리고 싶다. 한반도는 아름다웠다고, 그리고 눈물 나도록 나는 행복했다고 말하리라.

무덤가에 익숙한 두 눈빛이 있어 랜턴을 비추니 산고양이가 나를 빤히 쳐다본다. 초막골 길을 따라 내려가는 발길이 부드럽다. 저 아래, 이 밤에 수업 중인 산본 수리고의 불빛이 반갑다. 그 뒤에 우리 집이 있다. 마중 나온다고 했던 아내를 엘리베이터 앞에서 만났다.

"드디어 마지막 여정을 끝냈네."
"축하해요."

그날 밤 아내는 삼겹살 파티로 나를 환영했다.

산본 집 - 삼송리역

(2014. 11. 3.)

안양 구시가 지를 관통하여 걸었다. 버스를 타고 출퇴근을 하는 길이지만, 차량 속을 걷는다는 것이 의미 없고 지루하기만 했다. 평촌 범계 지역보다 덜 발달된 시가는 안양 일 번가를 끼고 전통시장가로 사람들로 붐비고 있다.

석수체육공원을 지나 석수역 뒷길에서 바로 안양천으로 내려섰다. 다시 걷고 싶은 지대로 나오니 고가도로 아래 우레탄 길이 보행자 전용으로 바뀌었다. 금천구청을 지나 길은 두 갈레이다. 하나는 안양천 가까이 붙어있는 길과 서부간선도로 위를 걷는 길이 그것이다. 간선도로 위에는 가로수가 터널을 이루어 점심시간이라 많은 행인이 붐볐다. 안양천에 오리들이 무리지어 이동한다. 몇 년 사이에 하천은 되살아나고 시냇가에 갈대숲을 이루고 있다. 그 사이로 온갖 새들이 둥지를 펴고 있다. 커다란 잉어도 유유히 지나고 있다.

　다양한 코스모스 밭에 이르니 두 연인이 셀카를 찍고 있다. 길은 지루하지 않고 자전거 행렬은 부지런히 한강으로 달려간다. 그때, 목동 방향 하늘에 검은 구름이 피어올랐다. 잠시 후 달려가는 소방차 소리가 사방에서 쏟아져 나온다. 그 검은 연기는 금방 잦아지고 나는 바로 성산대교로 진입하였다. 바람이 차다. 강심에는 또 다른 한강대교의 지주를 심고 있다.

　　　　　　내 어린 시절에 한강은 이랬다. 등촌동 논밭을 지나 한강에 다다른 어느 여름날, 하얀 백사장에 강물은 맑았다. 굽이굽이 휘돌아가는 강가에 커다란 물고기 들이 무리지어 올라가고 나는 엎어져 두 발을 물장구쳤다. 형들은 아이스께끼를 빨며 그늘에서 노닥거렸다. 나도 먹고 싶어 그들에게 다가갔지만, 그들은 마지막 단맛을 뽑아내듯이 나뭇가지를 입으로 잘근잘근 씹었다.

그때가 초등(국민)학교 1학년, 돌아가는 길은 허기로 어지러웠다. 그리고 등촌동 고갯길은 왜 그리 먼지 하늘에는 태양만 있었다. 그 한강이 지금은 줄을 그은 듯 반듯하고 일직선이다.

수많은 차량들이 강변대로를 끝없이 지나가고 현재 다리 수만 30개가 되었다. 7, 80년대 개발붐으로 잠실과 강남이 투기 광풍으로 일어나고 지금도 이틀에 한 명씩 투신하는 것을 묵묵히 지켜보고 있는 한강은 검푸르게 흐르고 있다.

월드컵경기장으로 들어가는 입구에서 한강은 다시 두 지류를 만난다. 바로 홍제천과 불광천이다. 강과 개천이 만나는 지점에 커다란 잉어들이 보를 못 넘고 강바닥을 유영하고 있다. 이때 해는 뉘엿뉘엿 지고 나는 불광천을 따라 올라갔다. 사람들이 더욱 많아지고 개천 징검다리 위로 아이들이 넘나든다. 철새 오리들은 그들이 던져주는 과자를 먹으려고 다투며 몰려든다. 철새가 아니라 텃새로 변한 것 같이 사람들을 두려워하지 않는다.

응암역에서 도로로 올라와 점심 거른 저녁을 먹었다. 연신내를 지나 청구 성심병원에 들렀다. 어머니가 나주 요양병원으로 내려가기 전에 치료를 받았던 곳이다. 그때만하여도 몇 년 더 사실 줄 알았다. 병원은 문병객들만 드나들고 썰렁하다. 어머니 흔적은 그 어느 곳에도 없이 리모델링되었다. 길은 밤으로 변했고 늦가을의 가로수 길은 낙엽으로 질퍽하다. 약간의 비도 흩뿌린다. 구파발을 지나고 삼송역까지 서울로 들어오는 차량들은 끝이 없다.

삼송리역 - 임진각

(2014. 11. 13.)

삼송역 8번 출구를 나와 장갑을 끼웠다. 택지개발지구, 이곳도 난리가 났다. 덕양구를 지나는데 칼바람이 얼굴을 때린다. 오늘이 수능 시험 날, 역시 춥다. 벽제육교 옆에 시립 승화원(벽제 화장터, 예전에 서대문구 소재)이 도로를 안내한다.

얼마 전에 이곳에 들러 아버지의 화장 기록을 찾은 적이 있다. 어머니와 미국 큰형의 기억에 의하면 1963년 초겨울이라고 했다. 아버지가 심장마비로 사망하던 날, 길거리로 나온 네 살 꼬마가 사람들에게 말했다고 한다. "아빠, 쿨쿨 자요."

김제 신평리에 유골을 묻으며 그날 땅이 무척 얼었다고 한 큰형의 말이 기억난다. 그 다음 해 형은 군에 지원하고 우리 가족은 뿔뿔이 흩어지게 되었다. 세월은 흘러 우연히 가족관계증명서를 보다

보니 아버지의 사망일이 1959년으로 되어있었다. 동생이 1962년생이니 뭔가 잘못된 구석이 있었다. 법원에 정정하려면 근거가 있어야 하기에, 얼마 전에 승화원에 들러 사망 전후 4~5년 화장 기록을 뒤졌으나 그 어느 곳에도 흔적은 없었다.

미국형의 말은, 그 당시 아버지 화장 비용이 없어서 약식으로 처리했다고 한다. 그 후 나만의 아버지 사망일 정정 소송은 아무 소득 없이 끝났다. 그러니까 법적으로 동생은 나와 아버지가 다른 것이다. 그런 승화원을 지난다.

길은 통일로, 통일로 가는 길이다. 이 길을 가면 통일이 되는 것일까? 50년이 넘도록 이 길을 알고 지나쳤지만 통일은 언제나 이루어질까? 1990년 동·서독의 통일처럼 한 순간에 올 수 있을까? 그날 동독의 한 기자의 오보가 현실이 되어 동독 사람들이 걷잡을 수 없이 베를린 장벽을 넘어왔다는데, 우리에게 그런 순간은 언제쯤 이루어질까? 그들보다도 우리는 지금 한층 멀어지고 철조망은 더욱 살벌해졌다.

파주시를 우회하여 문산 방면으로 길은 틀어졌다. 북으로 올라갈수록 온도는 더욱 내려갔으며 길옆으로 건물들은 더욱 낮아졌다. 월롱역에 버스가 서며 한 무리의 여대생들이 내려온다. 차 시간에 급한 학생이 도로를 무단횡단한다. 함열에 있는 딸이 생각났다. 저들이 유진이보다 행복해보였다. 오늘도 집에 갈 수 있으니까.

문산역 들판에 철새들이 날아든다. 도로에서는 멀고 기찻길에는 가깝게 그들은 자리를 잡고 저녁을 준비한다. 수천 마리가 넘을 듯싶다. 낱알들을 뿌려주면 안될까. 야박하게 하얀 비닐로 볏단을 싸는 것(곤포 사일리지)보다 더불어 살 수 있는 공간이면 인간이고 짐승이고 행복해지지 않겠는가 말이다. AI(조류인플루엔자)가 무서워 어느 지역에서는 철새를 내쫓는다고 하는데 인간의 이기심은 끝이 없다.

날이 점점 어두워지자 문산 사거리에 바리케이드가 설치되고 있다. 각자 소총을 어깨에 메고 경계 모드로 군인들이 도로에 접어들고 있다. 하나같이 건장하고 씩씩하다. 그래, 오늘도 잘 지켜줄 것으로 믿는다.

여우고개를 넘고 있다. 어느 순간부터 나는 뛰기 시작했다. 차량이 거의 없는 거리를 배낭을 메고 땀을 흘리며 뛰고 있다. 그러니까 십여 년 전, 잠실에서 임진각까지 마라톤을 한 적이 있었다. 그때도 추운 날이었는데, 중앙대를 지나 한강 인도교를 넘어 서울역, 그리고 독립문에서 한 번 쉬고, 그렇게 겨울날에 달리는 것이 즐거웠다. 두 번 정도 버스에 올라탔지만 통일로 가는 마라톤은 춥지가 않았다.

지금 나는 다시 뛰고 있다. 그룹이 아니라 혼자서 가는 목적지가 얼마 남지 않은 길이다. 그때 어디선가 구령 소리가 들려왔다. 철길 넘어 저녁 구보로 웃통을 벗은 군인들이 달려오고 있다. 그들의 우렁찬 소리는 붉은 하늘로 메아리쳤다. 그 순간 나의 보폭도 그 소리에 따라 규칙적으로 변했다. 나는 임진각으로, 그들은 부대로 교차했다. 마스크도 벗었다. 비 오듯 흐르는 땀이 등허리를 적셨다.

평화공원 안으로 달려 들어가는데 저 멀리 익숙한 승용차 한 대가 서 있다. 아내다. 뭐랄까 가슴 밑바닥에서 우러나오는 무엇인가 뭉클한 기운을 잠재우려고 그녀를 지나치며 함성을 질렀다. 한걸음에 달려 올라간 평화공원 전망대에서 북서쪽 산마루에 걸쳐있는 태양을 잡을 수 있었다. 들도 산도 강도 조용했다. 아무도 없는 그곳에서 북으로 가는 닫힌 철교와 그 옆에 부서진 철마를 보며 나는 아내가 부를 때까지 서 있었다. 그리고 어두운 밤이 내려왔다.

나의
한반도
둘레길

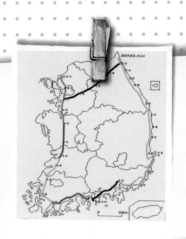

5부.
2월 제주도는 봄이다

나는 702번 버스를 갈아타고 다시 모슬포로 돌아갔다. 그
리고 송악산 올레길을 걸으며 가파도와 마라도를 오래도록
바라보았다. 그곳 깊고 푸른 제주 바다는 해를 한 아름 안은
채 반짝거리고 있었다. 봄이 왔다.

제주공항 — 김녕

(2015. 2. 11.)

정오 안돼서 공항을 빠져 나왔다. 길은 좌측으로 향했고 바람이 불었다. 약간의 박무에 휩싸인 한라산 정상에 눈이 하얗게 보였다. 서울과 3도 정도의 기온 차이에도 훨씬 따뜻했다. 열매 없는 야자수들이지만 가로에 높이 자라고 있어서 눈이 즐겁다. 길은 시외버스 터미널을 지나고 계속 직진하였다. 동부경찰서 앞에 있는 참숯가마 찜질방을 기억 속에 넣고 언덕을 넘어갔다. 국립제주박물관을 지나자 도로는 한결 한산해졌다. 좌측으로는 가끔 바다가 보이며 우측에는 아직도 한라산이 따라왔다.

조천읍 입구에서 늦은 점심을 먹고 부지런히 함덕 초등학교까지 왔다. 도로 사이로 초등학교와 중학교가 나란히 서 있다. 초등학교 잔디가 파랗다. 하교 하는 초등학생 두 녀석이 셔터 소리에 뒤돌아 본다. 학교는 잘 지어졌고 평온하다.

나의 초등학교(당시는 국민학교) 등굣길은 책보를 등에 감고 가는 길이었다. 비포장과 밭두렁 논두렁을 검정고무신을 신고 걸어야 했다. 작은 산을 넘어야 학교가 있는데 그곳에 도착하려면 아침 일찍 나서야 했다. 장맛비라도 오는 날이면 작은 개울은 금방 불어났다. 2학년 때에는 그만 고무신 한 짝을 잃기도 하였다. 물론 그 당시에 우의나 우산도 있을 리 없었다. 그래서 가을을 가장 기다렸다. 등하교 때에는 어디서나 먹을 것들이 자라고 있었다. 물론 주인 몰래 하나씩 따먹기도 하는 그 시간이 지금도 가장 기억에 남았다.

북촌리를 지나는데 4·3 위령탑이 서 있다. 489명의 원혼들이 잠들어 있다고 한다. 4·3 항쟁의 직접적인 원인은 1947년 3월 1일 제주읍 관덕정 마당에서 3·1절 28돌 기념집회에 참석한 시위 군중을 향해 경찰이 총을 쏘아 6명의 희생자가 생긴다. 그 이유로 제주도 남로당이 5·10 단독선거 반대 투쟁과 연계하여 경찰서와 지서를 습격한 후 걷잡을 수 없게 발전되었다 한다. 그 항쟁은 1954년 9월 21일까지 충돌과 진압이 반복되었는데 희생자는 2만 5천에서 3만여 명으로 추산되었다. 그 후 2003년 10월 말 노무현 대통령이 이 사건 발생 후 처음으로 국가 차원의 잘못을 공식 사과하였다. 지금 그 사건을 묵묵히 지켜봤을 한라산이 저물어 가고 있다.

해가 지면 걸음은 초조해진다. 잠자리가 그것인데, 몇 군데의 민박과 게스트하우스의 문의에도 방이 없다고 한다. 사실 빈방이 없는 것이 아니라 비수기에다 한 명의 손님을 받아 보일러와 전기를 돌린다는 것이 매우 비경제적이었을 것이다. 밤이 깊어서야 길가에 민박집을 구할 수 있게 되었다. 아래층은 정육점에 위층을 민박을 하였는데 장기 건설 근로자들이 차지한 구석진 방을 얻을 수 있었다. 그나마 차를 타고 함덕으로 나가지 않은 것만 다행이라고 자위하며 윗풍과 담배 냄새 물씬 나는 방에서 밤을 보내야했다.

김녕 — 신산

(2015. 2. 12.)

새벽 세 시에 집에서 걸려온 전화로 잠을 깬 후, 도저히 참을 수 없는 방 냄새 때문에 새벽 5시 반에 민박집을 나왔다. 도로는 가로 등 밑 외에는 캄캄했으며 인적은 더욱 없었고 찬바람이 불었다. 김 녕 해수욕장 길가에서 쓰레기더미를 뒤지던 길고양이가 기겁을 하고 달아났다. 녀석, 나도 놀랐는데 저만치서 나를 응시하고 있다. 아마도 생선 꼬리라도 찾았는지 미련을 못 버리고 내가 멀어지기를 노려보고 있다.

머리 위에서는 풍력 발전기 날개가 쉼 없이 움직이고 있다. 마치 바다의 모든 바람을 빨아들이듯이 힘차게 돌고 있는데 금방이라도 날개 하나 떨어질 듯싶어 어두운 거리를 재촉했다. 월정리 해변에 당도하니 제법 불빛들이 보였다. 새벽 바다에 나가는 차림으로 할 머니들이 불을 쬐며 모여 있다. 야심한 새벽에 나타난 내 발걸음에 온 시선이 따라왔다.

구좌중앙초등학교에서 큰 도로로 나오니 제법 날이 밝아졌다. 돌담으로 구분지어진 밭들이 올망졸망 조성되어 있다. 무와 당근이 제법 푸르게 자라고 있다. 군데군데 따간 양배추 흔적도 보였다. 그 한편에 작은 무덤이 돌담에 동그랗게 싸여있다. 저 밭에서 태어나 자라고 드디어 그 자리에 묻혔을 고인은 누구일까. 그분이 살아있었을 당시의 행복과 불행을 떠나서 저 자리를 지키고 있다는 자체만으로도 위대한 삶의 흔적을 남기고 있는 것 같다. 길은 세화 사거리를 지나고 계속 직선이었다.

지금까지 나의 인생길이 이렇게 평탄하고 곧은길이었으면 어떻게 달라졌을까. 초등학교 들어가기 전에 아버지의 죽음, 공납금을 못내 중학교 졸업식 날 후문으로 나오고, 공장 생활 그리고 검정고시, 방위로 군필 하고 전문대학 나와서 들어간 병원 생활, 공장에서 만난 아내와 결혼을 하고 아이 둘을 낳고 흘러 온 지금. 소위, 5학년 7반이 되었다.

나의 길은 결국 곧지는 않았지만 그렇다고 불행하지는 않았다. 그렇다고 행복이 넘치게 살지 못한 것은 사실이다. 하지만 여기까지 온 길을 잃지않고 그런대로 찾아왔다고 자위하면 안 되는 것일까.

종달리 좌측으로 오름이 있다. 오름 밑에는 무덤들이 많다. 아무도 오르거나 내려오지 않는 오름을 오른다. 바다에서 바로 시작된

166미터는 땀 좀 흐르게 한다. 지미 오름이다. 전망 감시탑에 젊은이가 들어있다. 좌에는 우도가 보이고 우측으로는 성산 일출봉이 지척이다. 바다도 들도 오름도 모두 푸르다. 저 멀리 걸어 온 김녕 풍력단지가 아련히 보인다. 바다는 빛을 반사해 눈부시다. 따스한 바람은 걸어온 여독을 풀어주며 전망은 무한대로 펼쳐졌다.

가야 할 길은 성산 저 너머로 이어졌다. 내려가기가 싫다. 이 편안한 자리가 너무 좋다. 하지만 저 아래에서 한 무더기 사람들이 올라온다. 그들이 먼저 인사를 했다. 20여 명의 전경들이 오름을 올라오고 있다. 그들에게 자리를 양보하고 오름을 내려와 나는 다시 길을 재촉했다.

성산읍을 지나자 어깨가 무거워지기 시작했다. 등산화의 걸음은 더디고 단단한 도로 길로 발목에 무리가 오기 시작했다. 다시 어둠이 찾아왔다. 나의 인생길의 지금은 어디쯤일까. 지금 시간처럼 어둠 속으로 들어가고 있는 것은 아닐까. 내일 다시 찬란한 아침을 맞겠지만 과연 늦은 꽃을 다시 잉태할 수가 있을까. 어둠이 깊어 걸음은 신산주유소에서 멈췄다.

신산 — 서귀포

(2015. 2. 13.)

성산읍 찜질방을 새벽 5시 20분에 나왔다. 주위는 캄캄하고 새벽 바람은 차다. 차도 드문드문 다니는 거리를 2시간 정도 걷자 서서히 좌측으로 여명이 밝아오기 시작했다. 구름이 바다 낮게 깔려서 떠오르는 태양을 보기는 어려울 듯싶다.

그런데 갑자기 강아지 한 마리가 나타나 나를 유심히 쳐다본다. 나무 울타리 넘어 말들이 거동을 시작하고 있다. 그 뒤로 멀리 컨테이너 상선이 구름 아래로 지나가고 있다. 그 위로 잠깐 태양이 보이다가 구름 위로 올라갔다. 사진 몇 장 찍는 나를 유심히 바라보던 녀석이 흥미를 잃었는지, 먹이를 주는 주인 곁으로 달려간다. 내가 멀어지자 호기심 발동한 그 녀석이 다시 달려 나와 내 뒤를 말똥히 바라본다.

물기 먹은 아침 바람을 맞으며 표선읍으로 들어갔다. 그때 갑자기 몸이 나른해지며 속이 울렁거렸다. 며칠째 잠도 못 자고 무거운 배낭을 짊어지고 걷는 길이란 서서히 에너지를 앗아가고 있었다. 마침 문을 연 국수가게로 들어갔다. 그러나 도저히 국숫발을 삼킬 수가 없었다. 국물만 몇 모금 마시고 화장실로 직행했다. 어젯밤에 먹은 탕이 탈을 부른 것이다. 식은땀이 나고 속은 더부룩하였으며 도저히 걸을 수가 없었다. 몇 대의 버스가 경적을 울리고 지나가도 정거장 의자에 앉아 마른 침만 뱉었다. 가져온 소화제를 먹고 한 시간 동안 버스를 탈까 고민했다. 겨우 속이 가라앉아 다시 배낭을 메고 걷기 시작했다.

태양이 구름 사이에서 나오자 식었던 몸이 조금씩 살아나 허우적거리며 걸을 수 있었다. 그러나 무언가를 먹어야 했다. 길가에 문을 연 마님식당에서 우거지탕을 주문했다. 뜨거운 국물과 우거지가 땀을 나오게 했다.

기운을 차린 나는 남원을 향해 걸었다. 그때 저 바다 아래에서 숨비소리가 들려왔다. 1분 이상을 잠수하여 바다 위로 솟아오르며 내는 그 소리는 세상에서 가장 듣기 좋은 소리 중 하나일 것이다. 또 위대한 소리이기도 하다. 나의 조그만 고통은 저들과 비교될 수 없다. 다시 잠수하는 그녀들은 바다 햇빛에 반짝거렸다.

지금 이곳 표선이 제주도에서 가장 잘 사는 마을이란다. 집집마다 남국의 따뜻한 햇볕에 감귤은 익어가고 있으며 북으로는 한라

216

산을 이고 있다. 길을 건너 한 부자가 부지런히 포장하는 곳에 들어가 한라봉 한 박스 집으로 보내며 우측으로 보이는 한라산을 보며 계속 걸었다.

산 정상은 하얀 눈의 모자를 쓰고 있다. 지난주에 저곳에는 2미터 이상의 눈이 내렸다고 한다. 돌담 아래로 제법 많은 동백이 꽃봉오리째 떨어져 있다. 그리고 가끔 노란 유채와 매화가 기지개를 켜고 있다. 코로 맡는 유채 냄새는 짙게 머릿속으로 들어왔다.

오후 들어 서귀포로 들어가는 도로는 차들로 붐볐다. 군데군데 표시를 한 마라톤 거리는 좀처럼 좁혀들지 않았다. 고개 도로를 수없이 넘으며 서귀포시 입성은 더디게 이어졌다. 삼성여고를 지나 서귀포시로 들 때까지 매연과도 싸워야했다. 그리고 나는 다시 701번 버스를 타고 성산을 지나 제주시로 돌아갔다.

한라산 등산

(2015. 2. 14.)

참숯가마 찜질방을 나와 780번 버스를 탔다. 토요일 아침 성판악으로 가는 버스 안에는 등산객들로 붐볐다. 서귀포로 넘어가는 도로에는 여지없이 지난밤에 일어난 로드킬이 보였다. 죽은 어미를 뒤로 하고 좀 더 버스가 앞으로 가자, 새끼 노루 사체가 눈 덮인 길가에 버려져 있다.

성판악 등산로는 사람들로 법석이다. 부드러운 눈가루 등산로는 아이젠이 필요했다. 사라 오름의 호수는 얼음으로 변하였고 오름에서 보는 제주 바다는 반짝거렸다. 정상으로 이어지는 능선은 하얀 눈으로 덮여있고 하늘은 맑았다. 사라 오름을 내려와서 다시 백록담을 향하여 속도를 내었다.

진달래밭 대피소에서 잠깐 쉬고 정상을 향해 발을 옮겼다. 2월 눈

덮인 한라산 등산길에는 여러 나라 관광객들로 북적거렸다. 정상 바로 아래 급경사 등산길은 마치 알프스의 장관을 연출했다. 아니, 우리 한라산의 독특한 경관이다. 파란 바다와 하얀 설산의 대비는 그 어느 곳과 견줄 수 없도록 아름답다. 비록 다섯 번째 이곳에 올랐지만 오늘 같이 조망이 좋은 날은 두 번밖에 없었다.

바람 부는 정상에서 눈과 얼음으로 변한 백록담의 조망은 또 다른 기쁨을 가져온다. 바다가 있고 산이 있고, 그리고 이곳에 설 수 있다는 자유는 무엇과도 바꿀 수 없다. 혼자서 이 같은 누림이 집에 있는 아내와 자식들에게 미안하지만. 관음사로 내려가는 길은 또 다른 즐거움이다. 삼각봉대피소까지의 하산 길에서 뒤를 보면 눈 덮인 한라산이 온 누리를 깨끗하게 정화시켜주는 것 같다. 두고두고 감사할 일이다. 그리고 달려 내려가다 엉덩방아 쩌도 기쁠 일이다. 그래서 한라산 길은 휴식의 공간이다.

다시 제주시로 내려가 702번 버스를 타서 협재를 지나 모슬포, 그리고 서귀포로 가는 순환 여행은 제주의 또 다른 멋이다. 작은 마을을 지나 제주의 돌담 도로는 승용차로는 느낄 수 없는 그 무엇을 선사한다. 19년째 산방산 아래에 터를 잡아 살고 있다는 할아버지와 같이 옆에 앉았다. 서울의 큰 병원에 갔다 오는 길이라고, 산방산 등산은 2021년까지 등산 금지라고 하신다. 버스에서 내리는데 할아버지 한 마디가 귀에 들어왔다.

"나이 들면 이곳저곳이 말썽이야."

그리고 버스에서 끄덕끄덕 졸던 할아버지가 오히려 나의 잠자리를 물으며 잘 가란다. 이윽고 다시 돌아온 서귀포에서 항구가 내려다보이는 6층 게스트하우스의 하루는 노독을 풀기에 좋은 징조로 보였다. 항구에는 집어등을 켠 어선들이 부지런히 하역을 하고 있었으며 앞에 보이는 새섬으로 넘어가는 다리에 불이 켜지자 여기저기서 연인들이 나타났다. 그날 서귀포항은 그렇게 저물어갔다.

서귀포항 — 모슬포항

(2015. 2. 15)

서귀포항의 새벽은 짭조름하다. 지난밤에 먹은 고집 센 할머니 식당을 지나 불 꺼진 도로는 언덕으로 이어졌다. 천지연 폭포 위 서귀교를 지날 때에 여명이 올라왔다. 물이 별로 떨어지는 않는 폭포 아래에서 외국인 남편이 자신의 아내를 위해 사진을 찍고 있다. 서귀포여고를 지나자 길은 큰 도로와 만났다.

제주 월드컵 경기장 못 미쳐 어느 가게에서 한라봉을 다시 택배로 보냈다. 마수라지만 표선보다 인심이 안 좋다. 그곳에선 커다란 귤을 열 개나 주었는데. 목이 마르면 하나씩 먹으라고 배낭 부피가 부풀었다.

길은 계속 이어지고 중문 관광단지 삼거리를 지나자 비가 내리기 시작했다. 조망이 전혀 없어지고 비는 사선으로 내렸다. 화순리를 지날 때에는 비는 더욱 굵어졌고 우의와 우산이 소용없도록 등산화와 바지는 물로 무거워지기 시작했다. 어제 잠시 들른 산방산을 좌측에 두고 걸음은 더디게 이어졌다.

오후 늦게 대정의 김정희 유배지에 도착했다. 500원 하는 입장료를 꺼내기 어렵다고 하니 면해준다. 4·3 항쟁 때 불타 없어진 것을 새로 조성되었다고 한다. 전주에서 이곳까지 한 달에 걸친 유배 길은 짐작컨대 죽음을 담보했으리라.

집 둘레에 탱자나무 가시덤불로 둘러치고 외부인의 출입을 금하는 유배형(圍籬安置)을 당하여 9년 동안 이곳에서 그는 세한도(歲寒圖)와 수많은 글 그리고 후학을 양성했다고 한다. 1984년에 복원된 초가 4동이 빗속에 저녁을 맞고 있다. 절대고독과 감시 속에서 그는 후대에 영원한 글과 그림을 남겼다. 담벼락에는 탱자 가시덤불이 그대로 자라고 있다.

길은 다시 모슬포항으로 이어졌다. 이 지역이 6·25 당시에는 육군 제1훈련소가 자리 잡고 있었다고 한다. 그 당시, 아내의 아버지 즉, 장인어른이 이곳에서 신병들을 훈련시켰다고 했다. 전쟁이 한참인 시기에 사병들과 함께 강원도 고성으로 투입된 장인어른은 그곳에서 죽음을 넘나들었다고 한다.

혈혈단신으로 혼자 월남하여 자식들을 성장시킨 그분이 저녁이면 소주 한 병과 과자 한 봉지를 사들고 한참 재롱부리는 손자를 보려고 성남 전셋집을 오곤 하셨다. 아주 여위고 행한 눈초리를 가진 그는 자신의 병을 숨겼다. 어렵게 자란 사위의 심정을 안다고 다독거려주셨던 장인은 환갑 조금 넘어 돌아가셨다.

손주 이름을 부르며 좁은 골목을 올라오셨던 그분의 자취는 이곳에서도 없다. 비는 내리고 귀로 음악은 흐르고 마음은 눈물로 적셔졌다. 거짓말이라도 좋은데 그 목소리 한 번 더 듣고 싶다.

"아범 있는가?"

비를 맞으며 해병부대를 지나 그날 밤, 모슬포항 입구에 있는 영국기가 게양된 게스트하우스에서 밤을 보냈다.

모슬포(摹瑟浦)의 밤

할아뿌지 하고 엉기는

그놈의 외손주 재롱 때문에
머리감는 세숫대야에 쉬를 한
세 살배기가, 그 밤에도
그리 보고 싶었을까

온몸이 야위도록
자신의 병을 숨기고
골 깊고 횡한 눈초리에서
자식 농사가 뭔지
주위를 제대로 정리도 못한 채
아범 있는가 하며
소주 한 병과 과자 한 봉지를
사들고 나타나셨던 그날처럼
추적추적 비는 봄을 재촉하는데
혹여 지금 쯤,
그곳에서 두 분이
티격태격 싸우고 있지는 아닌지
헛소문이라도 좋으니
다시 한 번 그 목소리
들어 봤으면

아, 이 몹쓸 그리움
비 내리는
모슬포의 밤이여

모슬포항 — 애월항

(2015. 2. 16.)

모슬포 게스트하우스를 새벽 6시 안돼서 나왔다. 미리 나와 있던, 함께 도미토리에서 잠을 잔 사십 대 여행객이 무사히 걸어가라고 인사를 한다. 그제 처음 한라산을 올라 감명 받았다고 한 그도 중년의 고비에서 자신을 돌아보고 싶었나보다. 동료들과 홀로 떨어져 이틀을 조용히 보내고 있다고 한다. 게스트하우스의 화장실은 반드시 고쳐야 한다고 떠들었던 어젯밤이 부끄럽다.

대정읍을 벗어나자 날이 환해졌다. 하늘을 구름이 잔뜩 가리고 있지만 비는 올 것 같지 않다. 바람은 파도치는 바다로부터 불어와 한라산 중산간 지방으로 올라갔다. 일과1리를 걸어가는데 저 멀리 한 사람이 걸어오고 있다. 거리가 점점 다가가자 그는 갑자기 달려오기 시작했다. 그리고 내 뒤를 한참 달려가서는 다시 걷는다. 웬걸, 여자였다. 인기척이 없는 도로에서 그것도 검은 옷의 모습이 무척 경계심을 발동하였으리라. 하지만 나도 놀랐다는 것을 그는 알까.

요즈음 늘어나는 나이가 무서워지기 시작했다. 육체적인 매력도 예전 같지 않고 버스나 지하철을 타면 마치 투명인간이 된 느낌이다. 아무도 내게 눈길을 주지 않는다. 이 나이가 되도록 별로 이룬 것도 없고 아직은 마음만은 청춘인데 더 이상 나에게 미래가 있는지 의문이다. 내 인생은 여기서 주저앉고 마는 것일까?

지금 안광복 씨의 '철학 이야기'가 생각난다.

영국의 에세이스트 마이클 폴리(Michael Foley)에 따르면, 나이 먹는다 해서 우리 삶이 초라해지지는 않는다. 세상살이가 힘겹게 느껴지는 까닭은 세 가지 믿음 탓이다. "난 성공해야 하고", "누구나 내게 잘 대해주어야 하며", "세상은 반드시 살기 쉬워야 한다."는 기대 말이다. 이를 심리학자 엘리스(Albert Ellis)는 '해야 한다 삼총사'라고 부른다.

무언가를 거창하게 이루고 주변의 부러움을 한 몸에 받는 삶은 행복할까?

하지만 인생이 어디 마음대로 흘러가던가. 세월은 우리에게 '성공보다 실패하는 일이 더 많음'을, '내가 어떻게 하든 상관없이 나를 싫어하는 사람들도 있음'을, '세상살이는 그리 만만하지 않음'을 우리에게 일깨워 주곤 한다.

그리고 나이 먹을수록 미래는 희망보다 걱정으로 다가온다. 머리도 체력도 예전 같지 않다. 그럼에도 세상은 정신없이 달려가고 있고 나보다 뛰어난 경쟁자들이 여기저기서 튀어나온다. 나에겐 이제 버티고 견디다가 세상에 밀려나는 일만 남은 것 같다.

신도1리 어느 버스정거장에서 발가락에 솜을 붙이고 있는데 어느 할머니가 길을 건너왔다. 모슬포로 장보러 간다는 그 할머니가 나의 사정을 듣고 밤에나 애월읍에 도착하겠네 하신다. 또한 동행이나 하나 붙이지 하며 혀를 친다. 그 소리를 하는 할머니도 혼자다.

한편, 한경 충혼묘지를 지나는데 사이클 선수들이 한가한 도로 위에서 연습이 한창이다. 언덕을 경트럭 뒤에서 손잡고 올랐다가 전속력으로 질주하는 인터벌 훈련을 반복하고 있었다. 그들 옆에서 이틀 전에 산 빵을 먹는데 그들은 또다시 획 지나간다. 그리고 자전거를 탄 일주하는 여행객이 나를 훔치며 지나갔다. 나의 가는 방향과 그들의 방향이 틀려서 그나마 다행이다.

오후 늦게 일성콘도를 지나 협재 해수욕장에 도착했다. 바람 부는 바닷가에 젊은이들이 모였다. 바다 건너에는 비양도가 파도에 출렁거렸다. 모진 바람에도 연인들은 마냥 즐겁다. 사진을 찍으며 백사장을 걷는 그들에게서 쉼 없는 웃음소리가 들려왔다. 춥지도 않나 보다.

한림읍을 관통하는 길은 발목에 부기를 가져왔다. 등산화 쓸림에

피부가 벗겨져서 붉게 피가 묻어났다. 그리고 곽지 괴물해변을 지나
는데 해가 넘어갔다. 해가 넘어가기 무섭게 곧바로 밤이 찾아왔다.
커다란 하나로마트 건너에 있는 달을 닮은 원통형 게스트하우스에
무작정 전화를 했다.

공항까지는 몇 시간이면 당도할 수 있으나 밤에 대항하는 차들의
속도가 너무 빠르다. 종착점이 다가올수록 부자 몸조심이다. 그리고
그렇게 해야 한다. 나는 혼자가 아니다.

다시 안광복 씨의 글이 생각났다.

"가장 좋은 것은 흔히 그토록 재앙처럼 느껴지던 절박함의 소멸
인데, 이는 축복일지도 모른다. 여정이 목적지보다 더 중요하며, 활

동이 성과보다 더 중요해진다. 나이가 들어가는 커플은 다시 연인 사이가 될 수 있지만 젊은 시절처럼 기력을 소진시키는 전투와 자녀 양육이라는 힘든 부담은 지지 않아도 된다. 또다시 학생이 될 수 있지만 경력과 커리큘럼이나 시험의 도재에 휘둘리지 않아도 되며, 공부할 교재를 선택하고 실제로 즐길 능력도 있는 그런 학생이다."

폴리는 우리에게 '3S'에 친숙해지라고 권한다. 3S란 고독(Solitude)과 정적(Stillness), 그리고 침묵(Silence)이다. 젊은이들은 현재에 살기 어렵다. 미래를 위해서 현재를 '희생'해야 하는 것으로 여기는 탓이다. 반면, 나이든 이들은 과거를 곱씹으며 현재를 날려 버리곤 한다. 현명하게 나이든 사람만 오롯이 '현재'를 누린다.

삶은 사람들과 끊임없이 어울리며 시끄러운 가운데만 있지 않다. 현명하게 나이 든 사람은 세상의 무관심과 고독을 도리어 '자기만의 시간'으로 만들어 버린다. 이런 능력은 하루아침에 길러지지 않는다.

또한, 준비되지 않은 노년과 죽음은 두렵고 벅차다.

사람들이 부러워하는 모습대로만 살려 했던 이들은 자기만의 욕구를 기르기 어렵다. 이런 자들은 홀로 남겨지는 것을 두려워한다. 무엇을 하고 싶은지를 스스로도 모르는 탓이다. 그래서 자신을 내치려는 사회를 끝없이 원망한다. 하지만 고독과 정적, 침묵 속에서 틈틈이 세상과 거리를 두며 '나이 듦'을 연습한 사람들은 다르다. 무엇이 자신다운 모습인지, 어떤 일을 할 때 가장 자신다운지를 끊임없이 되물으며 찾았기 때문이다.

애월항 - 제주공항

(2015. 2. 17.)

새벽 5시에 게스트하우스를 나왔다. 2층에 3개의 룸이 있었는데 투숙은 달랑 혼자여서 이상하게 잠을 이룰 수 없었다. 일주일 동안 사람들의 코고는 소리에 익숙해졌나보다. 개들은 멀리서도 내 걸음을 눈치 채고 짖어 된다. 한 마리가 시작하면 다른 녀석들도 합창을 한다. 내 모습이 언덕을 넘어가고 냄새가 바람에 실려 사라질 즈음에야 개들은 멈춘다.

갑자기 앞에서 오던 차량이 급브레이크를 밟는다. 차도 중간에 어린 소녀와 할머니가 서 있다. 몸도 못 가누는 소녀는 오는 차를 세우고 그 위험을 무릅쓰고 할머니가 아이를 말리고 있다. 내가 위험하다고 소리치니 소녀는 대답을 하고 차도를 나온다. 힘없는 할머니의 표정이 안쓰럽다. 소녀의 부모는 어디에 있을까? 한참 후에 경찰차가 나타났다.

하귀2리를 지날 즈음에 날이 밝아왔다. 길은 외길이다. 이호태우 해변 입구에서 흐린 바다와 멀어지기 시작했다. 제주시민속5일장 버스정거장에 노인들이 앉아있다. 일찍 시장 볼일 나온 사람들이 각자 자신의 집으로 돌아가는 버스를 기다리고 있다. 드디어 신광 사거리에서 좌회전하여 공항 대로로 들어섰다. 오전 10시 30분에 7일 전에 출발했던 공항입구 교차로에 도착하였다.

지금까지 내 삶을 돌아 보건데, 비록 어려웠던 어린 시절이 있었지만 직장을 얻고 결혼을 하여 아이들을 얻은 평범한 인생을 살아왔다. 남들보다 크게 되거나 남길 만한 것들은 전혀 없다. 그렇다고 남을 해하거나 주위에 피해를 주지 않았으며 자식들에게는 최선을 다 하려고 노력했다. 가끔 아내에게 속상함을 준 것도 사실이지만 아내는 나를 용서한다.

이제는 치열했던 경쟁의 테두리에서 점점 벗어나는 시점이다. 다시 돌아가 후회된 삶을 고칠 수 없기 때문에 다가오는 삶을 준비해야 한다. 과연 어떻게 준비해야 하는 것이 현명한 지를 아직 모른다. 단지, 과거를 돌아보며 그때는 이랬으면 어땠을까 하는 바람으로 남은 생을 살고 싶다. 가식과 명예를 추구하는 곳에서 멀리 떨어져 순수했던 어린 시절로 돌아가고 싶다.

그렇게 살려면 온전한 육체와 정신 그리고 최소한으로 필요할 만큼의 돈이 요구된다. 그것들은 차차 아내와 준비해야 할 것이고 다음은 정리하는 일이다. 어떻게 삶을 정리할 것인가. 가장 커다란 숙제가 남았다. 많이 남았을지 아니면 적게 남았을지 모를 남은 시간을 위하여 배우며 사랑하며 살아갈 일이다. 이 세상 인간으로 태어나게 해준 부모님께 감사하고 그 곁으로 가기까지 인생 구경 잘 했다고 말할 수 있는 그날까지.

나는 702번 버스를 갈아타고 다시 모슬포로 돌아갔다. 그리고 송악산 올레길을 걸으며 가파도와 마라도를 오래도록 바라보았다. 그곳 깊고 푸른 제주 바다는 해를 한 아름 안은 채 반짝거리고 있었다. 봄이 왔다.